O Advogado Necessário

O Advogado Necessário

Fulvio Gianaria | Alberto Mittone

Tradução por Alberto Luís

TÍTULO ORIGINAL
L'AVVOCATO NECESSARIO
© 2007 Giulio Einaudi editore s.p.a., Torino
www.einaudi.it

O ADVOGADO NECESSÁRIO

AUTORES
Fulvio Gianaria
Alberto Mittone

EDITOR
EDIÇÕES ALMEDINA, S.A.
Rua Fernandes Tomás, n.ºs 76, 78, 80
3000-167 Coimbra
Tel.: 239 851 904 · Fax: 239 851 901
www.almedina.net · editora@almedina.net

DESIGN DE CAPA
FBA.

PRÉ-IMPRESSÃO
G.C. GRÁFICA DE COIMBRA, LDA.
producao@graficadecoimbra.pt

IMPRESSÃO E ACABAMENTO
PAPELMUNDE, SMG, LDA.

Junho, 2011
DEPÓSITO LEGAL
330086/11

Toda a reprodução desta obra, por fotocópia ou outro qualquer processo, sem prévia autorização escrita do Editor, é ilícita e passível de procedimento judicial contra o infractor.

 | GRUPO**ALMEDINA**

Biblioteca Nacional de Portugal – Catalogação na Publicação

GIANARIA, Fulvio, e outro
O advogado necessário / Fulvio Gianaria,
Alberto Mittone
ISBN 978-972-40-4430-9
I – MITTONE, Alberto
CDU 347

PREÂMBULO

A PROFISSÃO DE ADVOGADO
UM MITO QUE ESTÁ A DESAPARECER

Gian Carlo Caselli

Na Itália mudam os governos, mas a ineficiência do sistema da justiça permanece substancialmente invariável. Os procedimentos continuam a ser barrocos ou bizantinos. A duração (muitas vezes interminável) dos processos – civis e penais – frustra com frequência «regular» as pretensões de legalidade dos cidadãos. O sistema das penas continua irracional e a sua aplicação incerta e casuística. Reforça-se a ilusão de que a pena eficaz seja a «exemplar» e não a justa e tempestiva. A Itália dos astutos, dos negociantes escusos e dos impunes continua impassível na sua competição (muitas vezes vencedora) com a Itália das regras. Direitos fundamentais e regras basilares de convivência, a muito custo são suficientemente garantidos. As polémicas entre jurisdição e política cruzam-se por vezes com fastidiosos personalismos e não mostram aplacar-se; pelo contrário, tendem a agravar-se todas as vezes que a classe política se arroga a sua posição de «casta». A nós não é, evidentemente, isto bastante para explicar a crescente, contínua desconfiança em relação à justiça que há tempos alastra no nosso país.

Mas aos factores de desconfiança acima enumerados ainda não vai junto um outro: uma progressiva perda – na percepção colectiva – de credibilidade e autoridade do lado da advocacia, um dos muitos pontos de vista que contribuem para articular *L'Avocato Necessario* [*O Advogado Necessário*], o belo livro que Fulvio Gianaria e Alberto Mittone escreveram para a Einaudi. Que sejam precisamente dois profissionais entre os mais conhecidos e apreciados a moverem-se com objectividade racional – sem condicionamentos corporativos – também sobre esta vertente, é prova evidente da seriedade e importância da sua reflexão, que substancialmente se propõe dar resposta, em linguagem sempre simples e clara, mesmo quando os raciocínios são bastante profundos e meditados, a muitas interrogações sobre a figura social do advogado e sobre o processo penal, que a cada advogado se ouve fazer, ou pressentimos que lhe queiram fazer, a partir da pergunta (antigo preconceito, segundo os autores) sobre como pode «aquele advogado, considerado pessoa de bem, defender estupradores, homicidas, sequestradores, poluidores, traficantes de droga, dilapidadores de patrimónios».

Com rigor e ao mesmo tempo com paixão, Gianaria e Mittone explicam como o advogado é sempre e de todo o modo necessário enquanto garante do processo e do respeito do direito processual. Todos nós sabemos que o processo, o civil e o penal, é lugar de decisão (sobre a razão e sobre a falta de razão, sobre a sanção aplicável, etc.) mas, ainda antes, é lugar de tornar certo o que é incerto. Geralmente trata-se de imprimir certeza a factos que o juiz não viu, de que não foi espectador.

O conhecimento do magistrado é, pois, por definição, um conhecimento «débil», e aquilo que o sistema lhe pede é avaliar a persuasividade (ou a não persuasividade) dos «indicadores» que as partes lhe apresentaram para apoio das respectivas versões, indicadores que frequentemente são controversos. E a peculiaridade do processo está no facto de que a certeza não pode encontrar-se de qualquer maneira, mas requer formas e percursos predeterminados e garantidos (atinentes à modalidade de assunção e à possibilidade de utilização das provas, garantias das partes no *iter* aquisitivo, etc.). Quando se trata da liberdade das pessoas e de outros valores fundamentais, a prudência nunca é demais: e não são toleráveis nem atalhos em vista dos resultados possíveis, nem exagerações interpretativas. É por todos estes motivos que o advogado é necessário. O advogado não tem como fim contribuir para procurar e encontrar a «verdade». O seu único dever é o de defender o cliente, no respeito das regras do processo. É isto o «garantismo»: um sistema equilibrado de regras postas na defesa dos direitos e da dignidade dos investigados (e, mais em geral, das partes envolvidas no processo). E a necessária presença do advogado no processo contribui para tornar socialmente aceitável o resultado.

A estas conclusões Gianaria e Mittone chegam com uma sistematização teórica que tem como base o conceito de «dupla lealdade»: perante o cliente e a autoridade judiciária. Um conceito anfíbio, uma «lealdade dividida», mais fácil de teorizar do que realizar em concreto. Porque deve fazer conviver o ineludível respeito das leis com a «função partidária» do advogado. Uma função que deve ser afirmada «sem hesitação», mas também sem incidir sobre aquela «autonomia da clientela» que para Gionaria e Mittone é absolutamente irrenunciável «se se quer salvaguardar a dignidade e a força da profissão» e se se quer que não desapareça a linha de demarcação entre «garantismo» e instrumentalização capciosa das formas jurídicas para obstacular as funções da jurisdição. Os autores dedicam diversas páginas a uma espécie de casuística tendente a individualizar a linha que divide a justa defesa do inquirido, do «caçar no defeso» (que é um risco para a acusação, mas também para a defesa). E portanto: não deduzir provas que se sabe serem manipuladas. Certo. Mas depois também toda uma série de intrincados problemas, que se podem sintetizar na pergunta: até que ponto o advogado pode identificar-se com o cliente?

De especial interesse são as reflexões dos dois autores sobre a escorregadia questão da autonomia do advogado a respeito de uma clientela «forte», em particular perante um cliente que esteja «muito mais interessado em ver satisfeitos os próprios interesses, do que em ver reconhecidos os próprios direitos», assim como ter em vista «um resultado útil, mais do que uma prestação excelente», exigindo ao advogado não só um empenho como «técnico que opera assepticamente no contraditório judiciário», mas também uma «ajuda para conter as ofensivas que visam destruir a imagem (do cliente), junto da opinião pública». Um total e incondicional esmagamento causado pelas exigências da clientela que abre espaços a problemas acerca de um possível «abuso do processo» e da definição de tal abuso, no sentido, por exemplo, do exercício de práticas (em particular, excepções processuais) «com a finalidade de impedir o curso judiciário, ou a mudá-lo de rumo para um juiz mais benévolo». Em último plano, a questão de saber se existe «um limite deontológico ao uso dos institutos previstos no código, ou se são todos permitidos porque conexos com a função da defesa». Questão esta que a American Bar Association resolveu estabelecendo, entre outras coisas, que «o advogado não pode empreender uma causa que considere substancialmente ilegítima, não pode levar a cabo actos com fins declaradamente dilatórios, não pode adiantar deduções sem a razoável convicção de que são providas de *admissible evidence*». Como se vê, uma realidade bem distante da nossa, se é verdade, como é, que no nosso país até se põe o problema de ser aceitável que o advogado «utilize os próprios cargos públicos, por exemplo o de parlamentar, para influir em medidas legislativas de modo a beneficiar a própria clientela».

As reflexões teóricas de Gianaria e Mittone são sempre impregnadas de experiência, concretas. Daqui a amarga constatação de que «nem todos os acusados são iguais e não é igual a força defensiva que os indivíduos conseguem pôr em campo. A lei é igual para todos aqueles que estão em condições de alcançar a oportunidade de defesa que as regras escritas fornecem. Portanto, em concreto não é igual para todos.» Uma constatação que confirma como o nosso sistema penal se caracteriza agora pela presença simultânea de dois códigos distintos, um para os «bandidos» e outro para os «cavalheiros» (isto é, as pessoas julgadas, com base no património, de qualquer modo honestas): destinados, o primeiro, a assinalar a vida e os corpos das pessoas, e o segundo a medir a expectativa de que o tempo se substitua ao juiz a resolver os processos por prescrição. Presença simultânea sobre a qual se insere uma das maiores anomalias italianas do último decénio: a recusa do processo e a sua gestão como momento de conflito (para lhe contestar na raiz a legitimidade) da parte de inquiridos excelentes, ou de qualquer modo de sujeitos fortes («pedaços» de Estado, em vez das suas antíteses), numa espécie de reedição imprópria do chamado «processo de ruptura».

Mas há um outro perfil sobre o qual Gianaria e Mittone justamente reclamam a nossa atenção, o das «emergências de todos os géneros e de vária força» que periodicamente ameaçam o nosso país. Elas «provocam a compressão dos direitos dos indivíduos», no sentido de que «as pretensões de defesa social procuram limitar em concreto os espaços defensivos»: porque «os medos que de vez em quando percorrem as cidades traduzem-se em entorpecimentos, também para quem defende». Isto vale também para a jurisdição, posto que a cultura dos juízes (conscientemente ou não, e em todo o caso com significativas excepções) pode sofrer condicionamentos da cultura e dos humores da sociedade. Os sinais são unívocos, mas leiam-se os jornais. Os magistrados não raciocinam em compartimentos estanques, não vivem fora do mundo: se se lhes pede «tolerância zero» (e se os agridem quando não a praticam suficientemente), se se lhes pede «ordem e segurança», mesmo ao desbarato dos direitos e das garantias dos menos protegidos, é também possível que estas campanhas acabem por obter algum resultado.

Os autores dedicam um último capítulo à «sensação de que o mito está a desaparecer». A exasperação partidária do serviço jurídico comporta «uma inevitável perda de independência que faz evaporar o papel carismático que sempre caracterizou a profissão liberal. Daqui uma inevitável perda de poder que é acompanhada pela perda da autoridade». Tudo entrelaçado com «a progressiva dilatação do número dos advogados» que «provocou uma espécie de proletarização da classe profissional e atenuou a força das suas intervenções públicas», juntamente ao «jogo brutal da competição» e à «fragmentação dos centros de serviço profissional» com uma «corporação que relegou os profissionais italianos para um papel periférico, permitindo a proliferação de um exército de cento e setenta mil recrutas nem sempre qualificados e fornecedores de um serviço por vezes de má qualidade e muitas vezes voraz». Com pragmatismo mas sem indulgência, Gianaria e Mittone indicam também uma série de remédios eficazes, destinados a criar «uma nova figura de técnico, útil aos cidadãos e não nocivo ao sistema em que opera», individualizando uma escala de prioridades que possam pelo menos afastar o «crepúsculo» para o qual a profissão livre parece encaminhada. Para o exorcizar, os autores evocam duas grandes figuras de advogados, Fulvio Croce e Giorgio Ambrosoli, um e outro «heróis civis» que ainda podem ser exemplo «para os colegas demasiado cansados de luta e para os jovens impacientes de empreendê-la sem sonhos».

[NOTA DO TRADUTOR: Gian Carlo Caselli era, à data em que publicou a recensão desta obra (in *L'Indice dei Libri del Mese*, n.º 3, Março de 2008, p. 6) Procurador-Geral junto da «Corte d'Appelo» de Turim, tendo sido nomeado logo em 30 de Abril de 2008 «Procuratore Capo della Repubblica di Torino». Dirigiu a Procuradoria de Palermo, de 1993 a 1999, os anos dos processos «excelentes» sobre máfia e política, Andreotti e outros. Escreveu várias obras, entre as quais *L'eredità scomodo. Da Falcone ad Andreotti. Sette anni a Palermo* (Feltrinelli, 2001), *A un cittadino che non crede nella giustizia* (Laterza, 2005) e *Di sana e robusta Costituzione* (Add editore, 2010). Desenvolve intensa actividade publicística em quotidianos e periódicos.]

O Advogado Necessário

> Sempre existiram homens zelozos e virtuosos que aconselhavam aqueles que não estavam em condições de se defenderem por si mesmos e que tinham menos confiança nas suas próprias ideias do que nas do seu defensor disponível.
>
> BOUCHER D'ARGIS, «Histoire abrégée de l'ordre des avocats», in *Profession d'avocat*, Dupin Ainé, Paris, 1832.

1. O advogado é necessário?

Perguntar se a profissão de advogado é uma profissão indispensável à colectividade, além de obviamente útil para quem a exerce, é uma interrogação provocatória que diz respeito ao presente.

A resposta, como muitas vezes acontece, é também procurada nas diversas e por vezes díspares experiências que oferece o passado.

Remontar às fontes do antigo mester de advogado significa descobrir as ansiedades e as dificuldades dos homens arcaicos nas relações com o desconhecido mundo ultraterreno e com a conhecida comunidade circundante.

Dado que o diálogo com a divindade é misterioso e incerto, o indivíduo deve encontrar a segurança numa linguagem conhecida e repetida que se chama oração, mas, ao mesmo tempo, deve procurar um mediador humano em quem possa delegar defesas e súplicas. Confia-se assim ao xamã, gestor de ritos e produtor de exorcismos, que com o seu carisma assusta e ilude mas ao mesmo tempo tranquiliza e assiste, transformando a incerteza em consolação.

Também os conflitos terrenos de cada dia agitam a comunidade, quer internamente quer nas suas relações com o exterior, e a sua solução não pode ser confiada unicamente à força. O recurso aos pacificadores é indispensável porque é conveniente.

Rivalidades, agressões e comércios reclamam soluções rituais e portanto juízos; para cada injúria é prevista uma vingança ressarcitória. Precisamente para isto, deve todavia ser concedido ao agressor defender-se e atenuar a reacção da colectividade e dos ofendidos. Nesta busca de salvação radica o fundamento natural do direito de defesa.

Quando depois gradualmente as instituições estatais tomam forma e força, e alcançam o monopólio legal da violência para assegurar uma maior segurança aos cidadãos, o mecanismo varia. Ele modula-se entre ofensa – vingança legal – defesa, e o direito natural à sobrevivência torna-se, para o acusado, reconhecimento do direito a proteger-se.

Na luta, regulada mas desigual, entre Estado e indivíduo, este último sente-se como o mais fraco e sozinho, mantido apenas por uma ajuda familiar que se revela no mínimo desadequada porque fornece um apoio acrítico e inclinado a uma justificação já preconcebida. Por isso procura o apoio em sujeitos estranhos e autorizados, reconhecidos como tais pela comunidade.

Começa a história do processo, do equilíbrio entre o interesse social em perseguir o acusado e o de cada um em reivindicar a sua própria inocência ou em minimizar a responsabilidade. Nasce colateralmente, e com sincronismos nem sempre perfeitos, a história da arte defensiva e do seu protagonista: o advogado.

Descrever a evolução desta função significa reconstruir os diversos possíveis modelos de relação entre cidadão e Estado.

Não é verdade que tal papel seja sempre inspirado por princípios incontroversos e imutáveis, embora, obviamente, nobilíssimos. Nem é verdade que ele seja desde sempre e por todos tido como necessário ou, mais ainda, como indispensável.

Na realidade, os direitos de defesa não são direitos sem tempo, baluartes de liberdades abstractas universalmente conhecidas e aceites. Eles são espaços de movimento e de resistência do indivíduo que se alteram com a mudança das condições políticas e pessoais.

E também no âmbito do mesmo contexto a sua prática varia de época para época segundo as verdadeiras ou presumidas circunstâncias, assim como em relação ao tipo de transgressões ou de transgressores submetidos a juízo.

Por isso são muito diferentes os direitos de defesa reconhecidos, assim como no âmbito de cada modelo nem sempre, não todos e não por todos eles podem ser utilizados. E por isso também quando a lei é formalmente igual para todos, não se está de facto a dizer que todos possam gozar os direitos do mesmo modo.

Tal observação estende-se obviamente a quem por serviço ou por profissão conhece e promove o respeito de tais direitos. O advogado é, portanto, o produto de uma máquina social que utiliza instrumentos variadamente permitidos. Desprovido de poder autónomo, decidirá de forma gradual quanto ao uso daquilo que lhe é concedido, conforme a coragem ou os interesses próprios e do próprio assistido.

O reconhecimento desvenda porém consequências inesperadas: nem sempre e nem em toda a parte existiram advogados, e portanto nem sempre nem em toda a parte os cidadãos tiveram como necessária e útil a função do defensor. Mais uma vez é decisivo o modelo de *polis* adoptado.

Tentando percorrer a história do processo pode-se atingir uma sintética simplificação.

Deparamos com exemplos de sociedade em que a função do defensor não está prevista, modelos em que é prevista mas com um papel ligado aos interesses do Estado, e situações em que o poder permite ao advogado estar do lado do cidadão dentro dos limites impostos pela norma e aconselhados pela deontologia.

Impõe-se porém um esclarecimento. Na tripartição apontada, o terceiro caso poderia fazer pensar num sistema processual em que, ao contrário dos outros, o indivíduo goza sempre de uma posição paritária em relação ao Estado.

Mas não é assim. O direito do indivíduo põe-se, como quer que seja, em condições de indiscutível inferioridade em relação àquilo que poderíamos chamar a exigência estatal. Então, quando a instância punitiva do Estado cobre os interesses de uma classe social ou, de qualquer modo, de uma força dominante, os espaços de defesa restringem-se ulteriormente. Dilatam-se, pelo contrário, quando o respeito pelas minorias, a atenção pelo desacordo e pelas razões dos transgressores fazem parte do património dos valores partilhados pelos cidadãos.

Na verdade, quando se fala de *processo* faz-se referência ao método de gestão de uma contradição entre duas pretensões: uma é a do Estado, a outra é a do cidadão. Com a precisão de que com «Estado» se utiliza um conceito abstracto que simboliza uma realidade concreta, isto é, a pretensão de uma maioria, de uma oligarquia ou de um soberano.

É evidente que as exigências do indivíduo serão tanto mais aceites e respeitadas, quanto mais a maioria, a oligarquia ou o soberano considerarem tal reconhecimento um valor a tutelar.

E mesmo com a mudança de tal concessão mudará por reflexo o papel da defesa e portanto o do advogado, que se colocará nas várias posições possíveis, desde o mínimo ao máximo respeito permitido pelas garantias do cidadão.

Torna-se então óbvio que nem todas as manifestações do poder são iguais: confrontar-se com a força democrática da maioria é um compromisso diferente do relacionar-se com o autoritarismo dum regime totalitário. Aliás, quanto mais dividido está o poder, tanto mais são vivos os conflitos e amplos os espaços de justificação e defesa do indivíduo.

Como se pode notar, neste discurso percorreu-se um atalho ulterior que necessita de melhor esclarecimento. Fala-se de facto de Estado ou de poder em relação ao processo sem ter em conta a autonomia variável de que goza o poder judicial, e do uso de tal autonomia em contraste com os interesses dominantes.

Seria uma afronta à realidade, com efeito, ignorar que, pelo menos nos modelos políticos caracterizados pela separação formal dos poderes, uma parte do judiciário exerce uma função por vezes contraditória em relação aos interesses consolidados da maioria.

Também se pode razoavelmente afirmar que a maior parte da magistratura está normalmente ao lado do Estado, isto é, do lado da maioria, da oligarquia ou do soberano, o que não exclui que ela possa por vezes resistir aos valores dominantes.

E que dizer então da actividade supletiva que o ordenamento judicial exerce relativamente aos outros poderes, quando eles nada fazem ou preferem? Nestes casos, e não é uma eventualidade rara, a identificação com os valores--guia pode revelar alguma falha. Tocqueville alertava que

> quando se observa a administração da justiça nos Estados Unidos parece que os magistrados só por acaso se intrometem nos negócios públicos; mas isto, por acaso, sucede todos os dias (*La democrazia in America* [*De la démocratie en Amérique*], Rizzoli, Milano, 1992, p. 90).

O ADVOGADO É NECESSÁRIO?

A observação inicial, segundo a qual se manifestam por vezes modelos em que a função do patrocinador não é considerada indispensável e nem sequer verdadeiramente necessária, exige uma consequente indagação das razões desse facto.

Teoricamente uma sociedade minúscula regida por um puro sistema democrático pode não produzir direito: de forma gradual, todos decidem tudo, todos controlam tudo, todos julgam todos. Não existem normas abstractas cuja violação comporte a necessidade de um juízo pronunciado do exterior, mas somente regras de comportamento aceites unanimemente. Consequentemente, nenhum órgão é criado e separado da comunidade para assumir o poder delegado para regular os conflitos, e as transgressões acabam por ser tratadas numa lógica de ordem natural e de solidariedade. A comunidade vive como numa dimensão fechada, reforçada pelo forte consenso dos cidadãos que se consideram entre si iguais e portanto comprometidos na realização do bem comum. Que, pois, o igualitarismo seja efectivo e que realmente cada um participe como protagonista nos processos decisórios, pouco muda: decisivo é que tal sentimento seja interiorizado e vivido como tal.

Duverger recorda como

> a integração é o processo de unificação de uma sociedade que tende a fazer dela uma cidade harmoniosa baseada numa ordem sentida como tal pelos seus membros. A integração pressupõe não só a supressão dos confli-

tos, mas também o desenvolvimento das solidariedades. Na prática os dois aspectos acabam por se confundir entre si (*Introduzione alla politica* [*Introduction a la Politique*], Laterza, Bari, 1966, p. 273).

Aliás, diz-se que tal confusão, e compreende-se facilmente que assim seja, é mais usual nas sociedades arcaicas, ou melhor, naqueles povos em que a componente religiosa penetra a vida civil.

Traduções históricas de tal modelo podem encontrar-se, até com alguma aproximação, também nas civilizações antigas mais evoluídas, e a tal propósito a referência exemplificativa ao processo de Cristo é evidente e muitíssimo eloquente.

Jesus Cristo foi julgado sem advogados, não porque o Tribunal judaico desprezasse os direitos dos acusados, como possivelmente se poderia deduzir dos escritos dos evangelistas. Na realidade, aquela máquina social produzia um tal dispositivo judiciário que tornava absolutamente supérflua a presença do defensor, sem que a tutela do direito de defesa fosse descuidada.

O Sinédrio era sem dúvida um instrumento de justiça muito sofisticado. O processo integrava em si a acusação e a defesa, a que o ordenamento atribuía dignidade análoga.

O Sinédrio compunha-se de um número de juízes de um mínimo de 23 a um máximo de 71 membros, circundados de vários grupos de alunos. O grupo dividia-se interiormente entre juízes de acusação e juízes de defesa, e para condenar era necessária uma maioria de dois votos; se não se atingisse, o colégio seria integrado até 71 membros. Se resultava uma maioria de acusação de 36 contra 35, o arguido era absolvido. No termo do processo a sentença de absolvição era proferida imediatamente, enquanto que a condenação só era emitida depois de uma noite de reflexão, e isto para permitir aos juízes defensores tentar convencer os colegas a mudar de opinião.

O princípio de garantia estava de tal modo radicado que, se todos os juízes propendessem para a condenação, deveria mudar-se para a absolvição porque nenhum tinha sido capaz de sustentar a tese da defesa. E nestas condições não se podia confiar num processo justo e portanto chegar a uma condenação justa.

Para além do mecanismo adoptado para chegar à sentença, o processo era concebido no máximo respeito dos direitos do acusado: amplo espaço para os seus requerimentos, rígida avaliação da prova, publicidade dos debates. Esta última característica simbolizava a forte ligação do rito processual com a comunidade.

De resto, o controlo público era um valor de tal modo significativo para a comunidade, que os Tribunais judaicos tinham sede às portas da cidade no dia do mercado. É no mercado público, transformado em audiência penal, que se encenava o contraditório e se recolhiam as provas antes do juízo final. Nada era secreto, toda a população podia participar e controlar a instrução.

Obviamente, um rito que contenha no seu íntimo quer a pretensão punitiva da comunidade, quer o correspondente direito de defesa, não deixa espaço para um mediador externo. A comunidade provê a perseguição e a assistência através de um modelo social homogéneo e participado.

Prosseguindo neste breve itinerário, encontra-se o modelo democrático ateniense; também no processo helenístico não existe espaço para os advogados. O povo pega em armas para defender a cidade, vai às assembleias para deliberar, aos tribunais para fazer justiça.

Todos os anos 6000 cidadãos são tirados à sorte para formar os tribunais, e através de uma sucessiva divisão formam-se os dicastérios de 500 membros. Todas as manhãs, renovando-se o sorteio, tomam um lugar sentado no julgamento sob a presidência de um arconte, e perante eles desfilam réus, testemunhas voluntárias, inimigos e amigos dos réus, no mais puro respeito.

Naquele sistema nenhuma ciência jurídica dá vida a um direito consolidado, nenhuma preparação específica dos juízes contribui para se cristalizar uma jurisprudência.

As sentenças não têm motivações, nem há uma elaboração racional dos argumentos de discussão: em suma, não existe direito e, portanto, espaço para a argumentação dos advogados.

Sócrates, no processo para ele fatal, não tem defensores, e é ele próprio que constrói e declama a sua alegação, a própria «apologia».

É certo que se pode ironizar insinuando que teria sido mais útil a nudez de Frine diante dos juízes, do que a arenga dum defensor. E aqui a memória remete-nos para o filme *Altri Tempi* [*Outros Tempos*] de Blasetti, de 1951, no qual De Sica / advogado defende uma esplêndida Lollabrigida / Frine.

Contudo, deve-se reconhecer que também esse conhecido episódio testemunha a estrutura aberta daquele processo, percurso dialéctico desprovido de alquimias e de mediações.

Acontece, assim, aquilo que Thomas More recomenda na sua *Utopia*:

> entre eles não existem advogados, acham muito melhor que cada um defenda pessoalmente a própria causa, sem demoras e no interesse de todos (*Utopia*, Laterza, Bari, 1986, p. 102).

Mas, como é sabido, as utopias escondem as contradições: nem todos são capazes de defender-se igualmente bem, e a comunidade nem sempre consegue suprir com a compreensão e a solidariedade as fraquezas do indivíduo.

É então que este, cada vez mais como arguido e cada vez menos como cidadão, começa a recorrer aos lológrafos, que escrevem o discurso a pronunciar depois perante o colectivo dos juízes. Se, em casos excepcionais, a parte não tiver voz suficiente para se fazer ouvir ou não possuir adequada instrução, é concedido que um terceiro declame o texto. Os retóricos hábeis como Antífone conseguiam preparar a defesa para ambos os contendores. Começa, assim, a delinear-se a separação entre a parte e o discurso que a defende, mesmo que a missão destes ajudantes, lológrafos ou oradores, se traduza numa missão exterior ao rito, ainda limitada à realização de um resultado retórico.

Totalmente diversa é, pelo contrário, a actividade do *patronus* romano que se dedica, como qualificado consultor, a formular *responsa* [respostas de jurisconsulto].

Inicialmente, no âmbito da relação de clientela, o *patronus* representa os interesses globais do seu cliente. Após ter atendido às questões de pura ética (aquilo que é *fas* e que é *nefas*), a seguir ocupa-se das controvérsias civis e em geral dos litígios com um terceiro.

Em época mais tardia esta figura evolui e é substituída por profissionais como o *cognitor* e o *procurator*. A partir do século II a.C. aparecem em cena outros agentes que prestam assistência à parte em juízo. Trata-se do *causidicus*, isto é, o jurista *iuris peritus*, e o *orator*, isto é, o retórico encarregado da defesa processual propriamente dita.

Esta distinção permanecerá nos séculos seguintes, pondo o jurista num plano diverso do advogado. Patrocinar em juízo, especialmente no campo penal, era função do *orator*, ao qual não se exigia que fosse jurista: como no caso de Cícero, valente patrocinador mas não *iuris peritus*.

Numa fase sucessiva e por via das leis imperiais, estas figuras vêm a fundir-se, pelo que é o *advocatus* a prestar assistência da parte em juízo, tornando-se um instrumento indispensável de mediação face ao corpo judicante nomeado pelo soberano.

Esta é uma necessidade que não foi, evidentemente, sentida pelo cidadão ateniense na sua relação com os «tribunais populares» do período áureo.

Qual a razão desta diferença? É evidente que os advogados romanos nascem de uma realidade na qual a justiça não é expressão do povo, mas de um articulado sistema representativo, ou melhor, delegado, formado pela competência profissional.

Além disso, enquanto o processo ateniense não conhece a elaboração teórica e científica do direito positivo, o sistema judiciário romano, ao utilizar o método argumentativo, tende a abandonar o cunho religioso, para adoptar um sistema lógico. Encontra assim fundamento e consolida-se uma autêntica ciência jurídica, a qual não poderá senão ser praticada por peritos. Aqueles «patronos solícitos» que encontramos já nos *Menaechmi* de Plauto (206 a.C.), e que constituem o primeiro esboço do defensor técnico profissional, como recorda Schiavone (in *Ius. L'invenzione del diritto in Occidente*, Einaudi, Torino, 2005. p. 130).

E então o confronto entre o evoluído sistema judiciário romano e os modelos arcaicos privados de defensor poderia fazer pensar numa função que só surge quando o aparecimento de complexas dinâmicas sociais reclamou a sua necessidade.

Surge, no entanto, uma pergunta ulterior. Esta evolução é de per si significativa de um progresso nas relações entre cidadão e Estado?

Ou pode formular-se a hipótese de que em fases primordiais do desenvolvimento social fossem suficientes poucas regras de comportamento, dada a escassez das necessidades, das trocas e das relações, e que por conseguinte o indivíduo fosse menos pressionado por directivas e obrigações?

É porventura é a questão de sempre. Era preferível o tempo em que Caim não tinha ainda matado Abel, como sonham os adeptos dum estado natural ancestral, ou deve reconhecer-se que o acréscimo das regras se tornou indispensável para tornar mais visível a convivência face à sempre crescente complexidade do mundo real?

Uma resposta drástica a esta dúvida provém de um dos expoentes mais prestigiosos do radicalismo filosófico de Setecentos, movimento assaz importante para o crescimento dos direitos do homem. Ao esculpir um dos princípios fundamentais do liberalismo clássico, Bentham teoriza que

> a medida do justo e do injusto é tão-só a máxima felicidade do maior número de pessoas.

Assim, pragmaticamente individualizada a unidade de medida do bem comum, ele convida-nos a uma análise da lei e da jurisprudência utilizando só tal parâmetro. Ao traduzir o seu empirismo utilitarista em doutrina jurídica, sustenta que o formalismo e o tecnicismo legal conduzem à ineficiência e à arbitrariedade dos processos. O excesso de regras é sintoma da convicção de que a lei é má e o governo perigoso. O máximo de liberdade é a ausência de legislação, o sistema técnico deve ser reduzido ao mínimo, pois de outro modo não é outra coisa senão uma conspiração. E quem são os conjurados? Os advogados. Organizados para «multar» o público. Melhor, sonha Bentham, é que cada um seja advogado de si mesmo.

E como podemos nós, embora mantendo as distâncias, evitar citar esta sua passagem em que se trata da profissão forense?:

> Uma raça passiva e esgotada, pronta a engolir o que quer que seja e a consentir em tudo; raça de intelectos incapazes de distinguir o justo do injusto, e de sentimentos indiferentes a ambas as coisas; insensível, míope, obstinada; letárgica e, no entanto, capaz de se abandonar a convulsões por falsos terrores; surda à voz da razão e do bem público; obsequiosa unicamente às insinuações do proveito e ao sinal do poder (*Fragment on Government*, 1776).

Para além da falta de generosidade do retrato, institui-se o mito perene de uma sociedade sem contaminação, imune a contenciosos e litígios, impossível de encontrar mas feliz.

Esta aspiração é daí a pouco retomada por Saint-Just:

> São precisas poucas leis. Onde há muitas, o povo é escravo. Aquele que dá demasiadas leis a um povo é um tirano (*Les institutions républicaines*, publicação póstuma de 1800).

Quando se deve organizar o concreto, até os revolucionários têm predilecção pelas leis de garantia.

Nos *Cahiers de doléances* reivindica-se uma reforma do processo em vigor na Monarquia e que permitia a cada réu escolher o próprio defensor. A 3 de Novembro de 1789 a Assembleia Nacional francesa estatui que nos processos penais deva ser nomeado um defensor ao arguido, sob pena de nulidade do processo.

A par deste progresso, nascido da ruptura com o antigo regime, coexiste a tentação de traduzir em realidade a utopia da sociedade ideal em que não há o advogado porque não tem razão de ser.

Por um lado, o cerimonial revolucionário do Ser Supremo representa simbolicamente aquela unanimidade nacional que deveria ser o produto de uma sociedade sem conflitos, onde o consenso é fruto, não de uma constrição, mas de desenvolvimento cultural e sentimento comum.

Por outro lado, o rei morreu, mas a utopia não se realizou.

Mudaram as relações de força, mas permaneceu a necessidade de regras; exactamente porque os Franceses, cidadãos e já não súbditos, reclamam os direitos e pretendem defendê-los. Eis porque os advogados permanecem.

Procurando tirar as conclusões do quesito inicial acerca da necessidade ou não de que o advogado contribua para a realização da justiça, uma última simplificação leva-nos a imaginar dois cenários opostos.

Se se persegue um modelo abstracto através duma ordem harmónica, a transgressão é uma ferida que o processo deve curar. Sendo o justo e o verdadeiro conhecidos e indiscutíveis, são necessários apenas executores devotados que devem dominar a desordem.

Quando, porém, a convivência social assenta sobre interesses conflituantes, quando coexistem interesses diversos a pesar, quando uma série de poderes fragmentados disputam a supremacia, é certo que o método do confronto se exprima em conflito ritualizado. E é inevitável e obrigatória a presença de resistentes [*partigiani*] que defendam uma parte contra o colectivo.

Se o poder soberano (e é irrelevante que fale em nome do povo ou do déspota) desenha um modelo ideal orientado para o interesse geral, o rito processual serve para celebrar a ordem, para dar forma e rigor à vontade estatal. Tendo em conta o resultado, mais do que as regras do rito, podem não ser considerados indispensáveis esses tutores do indivíduo que controlam o respectivo cumprimento.

Quando, porém, a liberdade do indivíduo perante a força do Estado é reconhecida como princípio sobre o qual se funda a comunidade, o momento processual protege dos excessos, o indivíduo confronta-se como igual, o papel das partes exalta-se num contencioso que impõe a tutela técnica do patrono faccioso.

E ainda: quando uma sociedade, integrada de modo espontâneo ou forçado, realmente ou proclamadamente harmónica, reage à agressão do delito, cerca o transgressor por todos os lados, para renovar o milagre da coesão e da unanimidade. Neste esforço, com o qual melhor se harmoniza o rito *inquisitório*, conta o confronto do grupo com a possibilidade de um julgamento e é determinante não ser conhecido o segredo da decisão final do juiz.

Quando, porém, a convivência se realiza através da busca pragmática do equilíbrio entre várias pessoas, quando é reconhecida a existência de círculos individuais merecedores de respeito, qualquer que seja o fim prosseguido pelo Estado, então o rito exalta-se como guardião das garantias. O princípio do seu respeito pelo contraditório das partes torna-se um valor em si.

Neste modelo, com o qual melhor se harmoniza o processo *acusatório*, conta quase paradoxalmente mais o modo como se chega à decisão, do que a decisão em si: como diz Cordero, vale mais «a caça do que a presa». Este torna-se o campo de intervenção ideal do advogado que, ao bater-se a favor do próprio assistido, se preocupa em forçar o ordenamento a respeitar as regras que ele próprio adoptou. Isto é, a não caçar no defeso.

São estes os esboços de dois modelos opostos e extremos, nos quais só num, o segundo, se pode considerar indispensável a função do advogado. A utopia parece privilegiar uma sociedade quase perfeita que cuida de reeducar qualquer rebelde recuperável. Os factos demonstraram como é preferível uma engenharia social com as garantias do indivíduo no vértice das prioridades, permitindo assim uma melhor qualidade de vida. Nesta realidade obtêm cidadania os vituperados «*assassins en robe noire*» de voltaireana memória: os advogados.

PRESIDENTE RICHARD MAY: Senhor Milosevic, diga agora se há qualquer coisa ainda que queira dizer em relação ao seu processo.

SLOBEODAN MILOSEVIC: Com este «processo» quereis justificar os crimes que cometestes contra o meu país e contra a minha gente [...] e olhai este «tribunal». A acusação foi formulada com base em dados dos serviços secretos britânicos, o juiz é inglês, o *amicus curiae* é inglês...

Tribunal da Haia, 9 de Janeiro, 2002.

2. E se o arguido quer acusar, em vez de se defender?

A génese e a história do processo, que sintetizámos de modo breve e parcial, parecem demonstrar que a civilização é também a tentativa de procurar espaços neutrais geridos por regras que impõem a imparcialidade, capazes de resolver os conflitos circunstantes, úteis para mediar a insanável contradição entre os bons e os maus.

Este mecanismo, que subtrai o ajuste de contas à justiça privada, parece poder funcionar quando os bens ameaçados são os primordiais da segurança e da posse/ /propriedade. Mas mostra os seus limites quando é chamado a dirimir as pretensões de poder e, portanto, a resolver as controvérsias políticas.

Na gíria comum, justiça e política apresentam-se indicadas com conteúdos tradicionalmente divergentes.

À primeira pede-se que opere com equilíbrio e imparcialidade, obedecendo a um corpo de preceitos iguais para todos e aceites por todos, enquanto na segunda se reconhece um cunho de parcialidade que justifica contraposições de modos e de conteúdos igualmente ferozes. A distinção é nítida e a contiguidade pode funcionar sob a condição de os dois mundos institucionais e conceituais não se emaranharem.

Quando a jurisdição opera ao serviço do poder político e quando o poder utiliza a via judicial como percurso de afirmação e conservação, o balanço pode ressentir-se disso. E a construção prejudica-se irreparavelmente se a confusão se verifica nos momentos mais difíceis da luta política ou, após esta ter acabado, quando os vencedores pretendem transformar os vencidos em criminosos.

É, pois, de partilhar a tese de quem considera que a utilização do processo para reprimir o dissenso, assim como a instauração dos tribunais especiais destinados a julgar a parte derrotada, não representam senão a continuação da guerra civil com meios diversos.

Em tais situações o processo transforma-se em instrumento de luta em que cada momento é destinado ao êxito: à condenação do culpado sobrepõe-se a derrota do vencido.

Também o defensor sabe antecipadamente que o seu empenho será inútil.

Quando em Setembro de 1945 os advogados defensores alemães chegaram a Nuremberg não tinham nada à disposição. Pelo contrário, a acusação tinha já sequestrado todos os arquivos e documentos de algum modo conhecidos, passando-os a pente fino com um exército de funcionários encarregados de procurar as provas. Os defensores só tiveram acesso a este material, enquanto não tiveram, apesar dos reiterados pedidos, nenhuma possibilidade de consultar os arquivos onde teriam podido procurar o material útil à defesa (advogado Otto Kranzbuhler, defensor de Dönizs, in A. Demandt, *Processare il nemico*, Einaudi, Torino, 1996, p. 116).

Ainda mais esclarecedora é a resposta que o Presidente do Tribunal reservou à excepção do Colégio profissional dos defensores, segundo o qual o processo era írrito e ilegítimo na medida em que se desenvolvia por força de uma lei posterior aos factos contestados e, portanto, sem base normativa no direito internacional.

> Dado que representa uma excepção contra a competência deste tribunal, ela viola o artigo 3º do Estatuto, e portanto não pode ser tomada em consideração.

Sou competente para te julgar porque sou competente, porque como vencedor decidi processar-te.

E esta decisão tornou-se possível para os Aliados em 8 de Agosto de 1945 com o Acordo de Londres, que identificou Nuremberg como sede do processo dos crimes contra a Humanidade, dos crimes de paz e dos crimes de guerra perpetrados pelos nazis.

No dia seguinte, com uma clamorosa e trágica coincidência, é lançada a bomba atómica sobre Nagasaki. Morreram cerca de 120 000 civis japoneses.

Se o processo ao Reich representa a exasperação da confusão entre justiça e política, o híbrido entrelaçamento dos dois sistemas está presente e pode verificar-se na vida comum dos Estados em ocasiões também muito menos emblemáticas.

Para dizer a verdade, a agudeza iluminista tinha diagnosticado bem o nó do problema e tinha corajosamente previsto a terapia para o desfazer.

Não há dúvida, de facto, que o século XVIII, introduzindo a separação dos poderes, permitiu que se aspirasse a uma justiça idealmente livre de interferências políticas. Menos influência do poder executivo sobre a justiça, mais justiça para os cidadãos.

Todavia, a realidade histórica mostrou que esta solução, salutar e eficaz nos períodos de tranquilidade, pode entrar em crise e encontrar dificuldade para atingir os próprios fins.

Provavelmente as razões são duas e opostas entre si.

Por um lado, o poder dominante não pode evitar intervir e interferir no aparelho judiciário quando são postos em perigo os valores dominantes ou a ordem pública.

Por outro, existem realidades ameaçadoras que refutam os princípios existentes e não estão dispostas a procurar mudá-los de modo gradual e não violento.

E dado que, como se disse, a função judicial consegue gerir os conflitos só quando eles se mantêm nos limites do normal, por vezes o campo processual torna-se o lugar onde as contradições entre a esfera jurídica e a política se manifestam em toda a sua evidência.

Face à irresistível tentação do poder para incriminar quem lhe resiste desconhecendo os valores dominantes, pode apresentar-se um arguido que também aceita explicar a sua conduta apenas para limitar as eventuais sanções. Neste caso não surgirão problemas particulares para o mecanismo processual, que resistirá com desenvoltura graças à sua própria autoridade, partilhada mais ou menos explicitamente com o arguido.

Segundo a já célebre definição de Vergès, é este o processo «de conivência», isto é, um confronto judicial no qual as partes reconhecem a legitimidade do agir dos outros. Talvez jogando as próprias cartas até à exaustão, ambas aceitam a via judiciária como caminho obrigatório para a resolução de um conflito igualmente crucial sobre princípios ou sobre escolhas políticas.

Em *To Kill a Mockingbird*, o advogado Atticus Finch, interpretado no filme homónimo por Gregory Peck, bate-se corajosamente, fala à outra América mas não desconhece a legitimidade daqueles juízes do Sul nos quais, contudo, confia.

Quando, porém, o acusado participa como inimigo do ritual, com o único objectivo de o usar como caixa-de--ressonância das próprias ideias recusando defender-se, desenvolve-se o processo «de ruptura».

O pressuposto de qualquer defesa é a aceitação do direito do Tribunal a desempenhar o seu papel. Se falta este reconhecimento, se o incriminado não legitima o próprio juízo reconhecendo-o como interlocutor, o mecanismo processual encrava. Transforma-se em contenda que se deslinda para exaltar valores opostos, dedicada à plateia dos espectadores que assistem.

Exemplar, neste sentido, é o processo descrito em *A Passage to India* [*Passagem para a Índia*], de E.M. Forster e representado no filme de David Lean.

Para defender o arguido indiano dr. Aziz põem-se lado a lado dois advogados: um segue o debate até ao seu epílogo, o outro ostensivamente abandona-o, denunciando que se trata de um «processo farsa».

É, portanto, o comportamento das partes a determinar o carácter do rito processual. As regras, aparentemente neutrais, curvam-se em presença da prepotência do poder ameaçado e da revolta do rebelde.

Processo de ruptura e processo de conivência são definições extremas entre as quais se articula uma gama de condutas intermédias.

É verdade que o advogado Deseze, defensor de Luís XVI, gritou diante da Convenção «não sois juízes mas somente acusadores», mas errava Saint-Just ao considerar esta atitude como sinal de ruptura total. O objectivo era simplesmente o de evitar o pior solicitando as prudências girondinas, tentar a salvação impossível atribuindo aos julgadores o aspecto do facciosismo extremista.

E quais eram as reais intenções do protagonista stendhaliano de *O Vermelho e o Negro*?

Jean Sorel confunde amor e ambição, e acaba por matar. Diante dos jurados toma a palavra para falar da própria condição:

E SE O ARGUIDO QUER ACUSAR, EM VEZ DE SE DEFENDER?

Mas, ainda que eu fosse menos culpado, vejo homens que, sem se deterem pela piedade que a minha juventude pode merecer, quererão punir em mim e desencorajar para sempre esta classe de jovens que, nascidos numa classe inferior e de qualquer modo oprimidos pela pobreza, têm a felicidade de obter uma boa educação e a audá-cia de se misturar àquilo que o orgulho das pessoas ricas chama a sociedade. Eis o meu crime, senhores. (*Le rouge et le noir*, Paris, Seuil, 1969, I, p. 310.)

É a representação de um processo comum no qual um jovem não urbano reivindica a sua inferioridade, manifestando desprezo pelos burgueses citadinos que o olham do banco dos julgadores, ou será a banal tentativa de evitar a guilhotina jogando a carta da marginalização social?

Sorel quer marcar a ruptura que o separa das togas e de quanto elas representam, ou força um diálogo, que aliás aceita, com o fim de comover?

Provavelmente o limite entre as duas posições é instável, muitas vezes incerto.

Atinge-se a clareza quando o acusado assume o papel de protagonista absoluto, o de quem ostenta não querer fazer nada para evitar o êxito do juízo, e ataca os magistrados no coração do seu encargo institucional. «Quem sois? Que coisa representais? Qual é a vossa razão de ser histórica?» – pergunta em 1925 o comunista Rakosi aos magistrados do regente húngaro Horty.

Babeuf, da prisão, exigia que o Directório tratasse com ele «de poder a poder».

Varlin, em 1868, durante o processo da Primeira Internacional, declara ao Tribunal: «Perante os princípios, nós representamos dois partidos.»

Idêntica corajosa afirmação formula André diante dos juízes nazis de Hamburgo: «Toda uma concepção do mundo nos separa. Entre nós abre-se um abismo.»

Os exemplos de arguidos que acusam os próprios juízes em nome de uma outra legalidade são tão numerosos quanto as rebeliões, as pequenas e grandes revoluções, as insurreições bem-sucedidas e as sufocadas.

Uma alusão, entre tantas possíveis, pode ser feita à conduta dos arguidos argelinos da Frente de Libertação Nacional chamados a responder perante os tribunais de França por homicídios, destruições com explosivos, atentados contra a segurança do Estado. Definindo-se como prisioneiros, contestam a legitimidade do ordenamento judicial de França e, propondo-se como representantes da nação argelina, pretendem o reconhecimento do estado de beligerantes. A audiência transforma-se em campo de batalha onde, para o advogado, não há mais lugar.

Os arguidos não têm nenhuma intenção de tutelar o interesse «próprio», mas reivindicam a acção própria, exaltam aquelas que os juízes considerarão provas da sua perigosidade, têm como único fim orientar a discussão pública para as chicotadas do colonialismo, para a prática generalizada da tortura adoptada pelos paraquedistas. Não dedicam tempo a ler os documentos do processo, mas a manter vivas as ligações com os companheiros detidos, a organizar greves da fome simultâneas. Não concebem qualquer defesa que não seja colectiva e que não contemple todas as dezenas de milhar de desterrados e concentrados na prisão. Não aceitam qualquer diálogo com a acusação, mesmo quando lhes seja apresentado como uma vantagem, renunciam a apresentar defesas que os justificariam, pois tal escolha poderia enfraquecer o grupo. Não concedem nada. Nada.

Recorda um dos seus advogados, parafraseando retoricamente uma afirmação de Carlyle:

> Quando a ordem significa escravidão e opressão, a desordem é o início da justiça e da liberdade.

É o verdadeiro processo de ruptura, aquele que esbora a lógica formal da acusação e que pretende dos advogados mais cumplicidade do que ajuda.

Por norma, a ostentatória renúncia à presença do advogado representa o carimbo do processo de ruptura.

Tal como o advogado Labori acolhe o convite de Dreyfus: «Proíbo-o de me defender!» e renuncia à alegação, assim os advogados de Milosevic abandonam a audiência para respeitar a vontade do protagonista.

> PRESIDENTE: Senhor Milosevic, deveria reflectir sobre a sua decisão de se defender sozinho.
>
> SLOBODAN MILOSEVIC: Considero falso este tribunal, como as acusações que sobre mim pesam. É um Tribunal ilegal. Não tenho necessidade de nomear um advogado diante de um órgão ilegal.

O ADVOGADO NECESSÁRIO

Eis o salto qualitativo que manifesta a verdadeira ruptura: nenhuma defesa, nenhum advogado.

Por vezes o advogado torna-se um companheiro de luta que deixa evaporar a identidade de técnico para transformar-se em guerrilheiro da causa do próprio assistido, partilhando a sua sorte. A opção histórica do patrono Fúlvio, advogado de Espártaco, que salta para lá dos muros de Cápua para se unir aos escravos em revolta, repercute-se naquela mais recente dos advogados do primeiro colectivo de defesa da Frente de Libertação Argelina que acabam presos no princípio do ano de 1957, pouco depois do início do processo.

Noutros casos o advogado renuncia a empenhar-se porque se apercebe da própria superfluidade.

Como poderia bater-se pelo respeito de regras que não são partilhadas pelo próprio defendido? Aquele defendido que recusa o processo enquanto tal, que se alimenta de uma certeza e um objectivo: não ter nada de que defender-se e pretender acusar.

A contradição mostra-se insuperável.

Por um lado, o Estado não pode aceitar que o arguido se auto-defenda precisamente com a renúncia à oportunidade que as normas lhe fornecem, não pode assistir à transformação do opositor em vítima discriminada, não pode admitir que sejam ignoradas as regras que beneficiam o fim a atingir: o juízo.

Por outro lado, o arguido entrincheirado no desafio, que não quer jogar no campo adversário, não pode suportar uma mediação supérflua entre si e o antagonista, não

E SE O ARGUIDO QUER ACUSAR, EM VEZ DE SE DEFENDER?

pode tolerar que outros traduzam em compromisso a própria mensagem radical, não pode estar interessado numa defesa técnica que recorre a princípios inaceitáveis porque são emanações de um ordenamento estranho. É o caso de Danton que, interpretado por Depardieu no filme homónimo de Wajda, recusa qualquer apoio legal e expõe, com as suas próprias e únicas palavras, as razões da recusa de uma situação que de todo não reconhece.

Abre-se a via mestra da autodefesa do arguido, o advogado encaminha-se para o declive da inutilidade filha da recusa.

Neste ponto, o problema cai inteiramente sobre o ordenamento.

Se se considera que a defesa é somente um direito reconhecido mas renunciável, útil para obstaculizar a pretensão punitiva do Estado, então é possível imaginar-se que o cidadão possa decidir livremente dispensá-la, ou melhor, possa também exercitá-la sem a ajuda de um técnico.

Se, porém, a defesa técnica é considerada de per si um valor, porque útil para compensar, ao menos em parte, a fragilidade do indivíduo, então pode chegar-se ao paradoxo do defensor imposto e do arguido obrigado a aceitá-lo.

A objecção é instintiva para o advogado oficioso: o defensor coacto defenderá o arguido ou defenderá o processo? Como se pode imaginar uma defesa desligada da relação fiduciária, sem a reduzir a um puro facto cénico, útil apenas para permitir que o processo tenha um desenvolvimento e uma conclusão?

O ADVOGADO NECESSÁRIO

O contraste é dilacerante. Como pode em consciência um advogado oficioso assistir a todo custo um arguido que quer defender-se sozinho, ou que verdadeiramente deseja que a falta de defesa seja útil para desvendar o rosto autêntico de um opressor que visasse apenas a condenação?

É evidente que um advogado não pode ignorar as estratégias do próprio assistido.

Como recorda Verri,

> iniquíssima e ignominiosíssima seria a lei que ordenasse aos advogados que traíssem os seus clientes (*Osservezioni sulla Tortura*, IPL, Milano, 1993, p. 92).

Por outro lado, num ordenamento que preveja a obrigatoriedade da defesa técnica, a renúncia dos advogados a defender representa a sabotagem do processo, impedindo o seu desenvolvimento.

O problema é irresolúvel não se hipotizando sacrificar princípios de tutela de direitos do indivíduo ou do ordenamento que são ao mesmo tempo irrenunciáveis e conflituantes.

Uma solução foi imaginada e depois praticada há cerca de trinta anos pelo Colégio dos Defensores Oficiosos no processo turinense movido ao grupo histórico das Brigadas Vermelhas.

Em 17 de Maio de 1976 tinha início perante a «Corte di Assise» de Turim o processo contra os chefes da organização «Brigadas Vermelhas», arguidos da constituição de bando armado e de outros graves crimes. Na abertura do debate, o primeiro acto dos arguidos presos foi a revogação do mandato aos defensores oficiosos precedentemente nomeados.

Em sua substituição, o Presidente do Tribunal nomeava um grupo de defensores oficiosos, mas imediatamente os arguidos se preocupavam em «convidar» os advogados escolhidos a não aceitar tal encargo, a não «colaborar» com o «regime», com a «legalidade burguesa» que queria «criminalizá-los» para reprimir uma «tendência histórica, um programa estratégico: a luta armada do comunismo».

Dizia textualmente o comunicado n.º 1 das Brigadas Vermelhas:

> Os arguidos não têm nada de que se defender, enquanto que os acusadores têm de defender a prática criminal anti-proletária do infame regime que eles representam [...]. Para acabar com todos os equívocos, revogamos por isso aos nossos advogados o mandato para a defesa, e convidamo-los a recusar toda a colaboração com o poder.

No comunicado n.º 4 de Maio de 1976, o pensamento do grupo aparecia ainda mais claro:

> Em qualquer processo o advogado (no texto original, maiúsculo) tem a função de mediador entre o arguido e o juiz, é a outra face do juiz. Num processo político, esta função torna-se ainda mais evidente: tentar estabelecer um terreno de mediação entre revolução e contra-revolução... este é o defensor do regime... e o defensor do regime é um inimigo declarado das forças revolucionárias (in E. Papa, *Il processo delle Brigate Rosse*, Giappichelli, Torino, 1979, pp. 136ss).

O ADVOGADO NECESSÁRIO

A «Corte d'Assise» declarou não fundada a excepção de constitucionalidade levantada pelos defensores oficiosos, relativamente àquelas normas do código de processo que não permitiam ao arguido renunciar à intervenção de um técnico nem nos casos em que o acusado teimasse em autodefender-se.

Os advogados mantiveram-se no seu posto e em 28 de Abril de 1977 o advogado Fulvio Croce, um *gentleman* presidente da Ordem dos Advogados de Turim, símbolo, contra a sua vontade, da figura do defensor imposto, é assassinado por um grupo de fogo terrorístico na entrada do edifício onde tinha o escritório.

Naquela dramática circunstância, os outros defensores oficiosos abandonaram o encargo, e os chamados a substituí-los mediram-se com um lacerante dilema: renunciar, por sua vez, cedendo ao medo, ou ignorar o explícito pedido de quem deviam defender, mas obedecer à razão de Estado?

Orientados pelo colega Vittorio Chiusano, imaginaram uma solução que porventura parece um compromisso, mas que se revelou uma resposta original a exigências aparentemente incompatíveis.

Estes advogados recusaram a ideia de se prestarem a ser o instrumento funcional apenas para a prossecução de um processo no qual os arguidos recusavam ser assistidos, só enquanto não tencionavam defender-se.

Nem pensaram poder assumir iniciativas defensivas autónomas contrastantes com as «opções autênticas e os reais interesses dos arguidos».

Mas também não foram constrangidos a suportar o ameaçador convite para se irem embora, gritado das jaulas do maxi-processo. Por estas razões decidiram

> permanecer no posto a eles confiado pela lei, com o exclusivo propósito de controlar o respeito das normas fundamentais do ritual...

prontos a levantar todas as questões de incompatibilidade constitucional na gestão do debate.

Estes advogados, que não se puseram nunca no plano da defesa tradicional, aceitaram a imposição de permanecer no seu posto com o único fim de controlar o res-peito das regras processuais, para evitar que fosse subtraído aos arguidos qualquer espaço susceptível de ser percorrido pela autodefesa.

Na conclusão do debate, obviamente não foi proferida nenhuma alegação, por respeito a um frágil equilíbrio entre instâncias públicas e pretensões privadas que, todavia, ficaram insatisfeitas. Assim como ficaram insatisfeitos os próprios defensores, desiludidos com a sua anómala afasia.

De resto, como escreve o mais interessante teórico do processo de ruptura, o já citado Vergès,

> pode um advogado defender uma causa de modo diferente daquele como vive, ama ou morre, se, como o arguido, não se afastar da realidade social do momento, quedando-se diante dela para a interrogar? Como dialogar com o futuro sem afrouxar os laços com o presente? (*Strategia del processo politico* [*De la stratégie judiciaire*], Einaudi, Torino, 1969, p. 115).

O ADVOGADO NECESSÁRIO

Como pode o advogado participar no processo de ruptura sem partilhar e praticar até ao fundo uma opção tão dramática e tão perigosa, sem aceitar ser apoiante do crime, mais do que do réu?

Na verdade, da casuística lembrada neste capítulo, assim como daqueles casos judiciários excepcionais em que os arguidos manifestam o seu desprezo pelas regras ao recusar a dialéctica ritual, surge inesperada uma questão de fundo que interessa à função do defensor, pelo menos nos processos imbuídos de algum enredo indevido: justiça e política, justiça e ideologia, justiça e fé religiosa, em geral justiça e qualquer rosto do poder.

A pergunta provocatória que se impõe é inquietante: mas então a favor de quem opera o advogado? A quem é ele verdadeiramente útil?

> Os processos de bruxaria desapareceram quando a visão do mundo que os sustentava se desagregou graças à revolução mental da modernidade; o processo estalinista é, porém, uma reacção contra a modernidade, um instrumento louco e assassino pronto a reconstruir a unidade perdida.
>
> ROUBERT MANDROU, *Magistrats et sorciers en France*, Plon, Paris, 1968.

3. Mas a favor de quem opera o advogado? A quem é ele útil?

De quanto foi dito até agora poderia extrair-se uma imediata conclusão. O papel do advogado, no momento em que o Estado lhe reconhece a possibilidade de intervir no processo e quando a sua intervenção é do agrado do acusado, coloca-o do lado do cidadão como seu partidário.

Pareceria evidente que o defensor fosse um tutor sem reservas e sem limites dos interesses do cliente.

Na realidade, não é sempre assim: depende de quanto lhe é permitido pelo modelo de Estado em que se opera e do uso do processo que o poder entende fazer.

O destino natural das máquinas judiciais é indubitavelmente o de regular os conflitos e conter os desvios. O sistema processual, porém, pode também ser pensado como instrumento submetido à «razão de Estado», e utilizado com o único fim de obter o consenso e esboroar posições críticas e oposições.

Recordar esta eventualidade significa também contar a história da intolerância que é o «fundo escuro», usando as palavras de Italo Mereu, sobre o qual são desenhadas as raízes da tradição europeia.

É sabido na história que quem se opõe ao querer, aos interesses e aos modelos sociais preferidos pela força dominante, pode ser eliminado ou convertido com os métodos da violência legal. O rosto demoníaco do poder prefere, por vezes, o uso dos ritos que legitimam a brutalidade, tornando-a justa e santa, previsível e portanto não arbitrária, necessária e portanto não gratuita. Quando isto acontece, o advogado perde a liberdade de agir ao serviço do cliente, e este vê desvanecer-se a esperança de poder contar com um apoio leal.

Este intento encontra a sua incomparável expressão histórica na repressão da discórdia religiosa organizada pela Igreja Católica, entre 1542 e 1642. A justificação pontifícia foi, ao tempo, mais que explícita:

> [...] até agora esperámos combater a perversidade herética, mas o mal alastra e a unidade da fé é lacerada; por isso nomeámos comissários e inquisidores alguns dos nossos dilectos filhos cardeais, a fim de que exijam um reconhecimento dos erros da parte dos heréticos e deles reclamem a abjuração; se prosseguirem no seu maldito propósito, serão punidos de modo que a pena sirva como exemplo (in Paulo III, *Licet ab inizio*, 21 de Julho de 1542,

MAS A FAVOR DE QUEM OPERA O ADVOGADO? A QUEM É ELE ÚTIL?

Concílio de Trento, in I. Mereu, *Storia dell'intolleranza in Europa*, Mondadori, Milano 1979, pp. 46ss).

O fim é claro: é preciso construir uma máquina eficiente que produza repressão, mais que justiça.

E a este fim se dedicarão o delator, o procurador fiscal e o juiz instrutor, que representarão o núcleo duma estrutura alimentada por suspeitos e que produz abjurações; mas que espaço pode ser ocupado pelo advogado?

Nos brutais inícios da época inquisitória, a solução é expedita: é melhor passar sem o «fracasso dos advogados», e mais eficaz proceder sumariamente, sem obstáculos de cavilações processuais e distúrbios de terceiros incómodos (*non admittantur processibus advocati*).

A injunção papal de Inocêncio III contida na bula *Si adversus* é bem clara: «*firmiter inhibemus...*» de prestar qualquer ajuda legal aos heréticos, aos seus advogados de defesa, fautores e simpatizantes. Nenhum advogado poderá patrocinar, sob nenhuma forma, as causas de quem é suspeito de delitos contra a fé. A pena é a exclusão da profissão e a infâmia perpétua.

Esta grosseira solução é depois substituída por um esquema que confia também ao advogado um papel útil para a realização daquela verdade que salva a alma e afugenta o mal: o de colaborar, quando necessário, para desvendar a heresia e acolher o arrependimento do herético.

Assim, se o arguido confessa na fase instrutória, a intervenção da defesa será supérflua. Se, no entanto, mantém obstinadamente a negativa, e é necessário submetê-lo à tortura, torna-se oportuno dar-lhe o apoio, mesmo que ele não o requeira, de um advogado («*Tunc advocatus ei dandus est, etiam non petendi*») com a única missão de convencer o «réu» a admitir as culpas de que é suspeito.

Os seus deveres, como resumiu o teórico Simancas, são eloquentes.

Deverá falar pouco com o acusado e sempre em presença do Inquisidor, deverá persuadir o «réu» a reconhecer o crime, implorando a misericórdia divina e invocando a clemência do juiz. Deverá servir-se só de excepções «justas» e deverá abandonar a causa se o infame se mostrar obstinado e resistente.

Acrescenta-se que o advogado escolhido para «defender» não será um «*quilibet*», mas deverá ser douto, pio, insuspeito e de bom nascimento («*nec malo genere natus*»).

Por fim, um detalhe incisivo e explícito que corresponde a interesses muito mais prosaicos: os honorários profissionais.

Se os arguidos são pessoas abastadas, então a recompensa será retirada dos bens apreendidos ao «culpado». Se, pelo contrário, são pobres, o preço será pago directamente pela Inquisição, mas de montante moderado («*honorificum*») porque, sustentavam os teólogos, os advogados são obrigados a defender os pobres («*pauperum causas gratuito defendere*»).

A resposta ao quesito inicial é clara: no juízo inquisitorial o advogado actua a favor da fé e não do acusado. Os seus deveres são por consequência óbvios: deverá estar do lado da verdade, do bem e da justiça. Não se

MAS A FAVOR DE QUEM OPERA O ADVOGADO? A QUEM É ELE ÚTIL?

pode certamente falar de defesa, mas quando muito de ajuda e acompanhamento no percurso atormentado para a retratação pública, quer dizer, a abjuração, exaltação do princípio de autoridade e glorificação da ortodoxia.

Desde então e durante séculos encontrar-se-á bem explícita esta função colaboracionista, este serviço à acusação, não só nos ritos em matéria religiosa, mas sobretudo nos processos políticos dos regimes ditatoriais.

Entre todos, obviamente, destacam-se os cenográficos processos soviéticos, eventos-símbolo deste modo de entender a jurisdição e de utilizar a função da defesa.

O processo político estalinista provoca, antes de tudo, uma pergunta: porque é que um poder ditatorial tem necessidade de organizar estes grandes eventos, quando teria à disposição métodos mais rápidos, para não falar de soluções extraprocessuais ainda mais expeditas? Porquê este dispêndio de energia?

Uma primeira resposta é que tais processos, à diferença dos mascarados procedimentos repressivos que têm, por exemplo, caracterizado o período pós-estaliniano, não visam elaborar uma condenação de resto já expiada, e por isso não desempenham uma função meramente repressiva. O seu fim é o de celebrar um espectáculo instrutivo destinado à colectividade e conduzido segundo uma rígida e pré-determinada trama teatral.

A semelhança com uma interpretação dramatúrgica não é casual.

Parte-se do trabalho de um autor-inquisidor que atribui os papéis aos protagonistas (os acusados, os juízes, as testemunhas e por fim os advogados), que prepara a representação em sessões de ensaio secretas e que dirige o rito no qual todos participam sabendo bem que o jogo está viciado. A difusão do debate via rádio reproduz um libreto teatral decorado, que normalmente termina com a confissão dos arguidos, acompanhada da obrigatória autocrítica.

Nada perturba a cena minuciosamente organizada, e muito menos as complacentes alegações dos advogados, que chegam a celebrar a obrigatoriedade da condenação.

Bem ao contrário, o papel mais exaltante para a defesa é o de esquivar-se, auxiliando assim o assistido que declara recusar o advogado porque para o crime cometido não é admissível nenhuma atenuante.

«Seja qual for o veredicto do Tribunal do povo, aceito-o como justo» – declara o arguido Lazlo Rajk ao Presidente do Tribunal húngaro (in A. Garapon, *Bien juger*, Éd. Odile Jacob, Paris, 1997, p. 236, n. 27).

O arguido que confessa os erros e o advogado que renuncia à defesa prestam consciente e voluntariamente o máximo serviço ao Partido. Eis, pois, a favor de quem actua o advogado.

A comparação entre estas encenações do século XX e os processos por feitiçaria é sugestiva. Ambos partem da tortura e terminam com a confissão, momento-chave que mostra a todos a força do mal: a possessão satânica nos processos de feitiçaria, o delito de desviacionismo no processo político.

O fim comum desta espectacular confissão é análogo: reforçar a comunidade em volta da Ideia vencedora, confirmar a paixão irrenunciável da unanimidade.

MAS A FAVOR DE QUEM OPERA O ADVOGADO? A QUEM É ELE ÚTIL?

O advogado está e não pode senão estar do único lado que lhe é permitido, o da ortodoxia.

Está presente na cena do processo, não pode faltar nem se passa sem ele. Isso, não obstante, não representará qualquer garantia para o acusado, e [o advogado] assistirá sem dignidade e sem identidade. Um criado mudo.

O protagonista central é o procurador-geral. Não deixamos de recordar o realizador judiciário das grandes purgas que eliminaram os «centros trotskistas anti-soviéticos» nos anos 30:

> ANDREJ VYSINSKIJ: Acusado camarada Radek, éreis favorável à derrota ou à vitória da URSS?
> KARL RADEK: Todas as minhas acções destes anos demonstram que trabalhei para a derrota.
> (in A. Demandt, *Processare il nemico*, cit., p. 86).

Caem, porém, as paredes, os sistemas de poder homogeneízam-se, e ao advogado contemporâneo, na evolução que marcou o processo civil dos vários modelos existentes, é finalmente consentido estar do lado do cidadão, mesmo que seja com os limites postos pelas normas e aconselhados pela deontologia.

Só uma sociedade democrática, em que os membros aceitam os conflitos como dado fisiológico e a sua resolução através de processos, reconhece o valor da presença de um auxiliar que assiste o cidadão inquirido.

Só um Estado moderno aceita impor-se as regras para a perseguição do desvio, e o predominante modelo liberal configurou o instrumento processual mais eficaz no contraditório entre as partes.

A aproximação escolhida é simples e concreta: a verdade reconstruída no juízo não será necessariamente a verdade verdadeira, mas o resultado do confronto dialéctico entre as teses opostas. O processo deve, portanto, visar a paridade entre o dever de acusar e o direito do indivíduo a defender-se. Também por esta razão as cartas constitucionais fornecem ao cidadão o direito de se fazer assistir por um técnico que pretenda o respeito do rito e represente ao juiz equidistante as razões do arguido.

É óbvio que o advogado permanece, em certo sentido, coadjuvante do rito, porque contribui para o desenvolvimento correcto do curso processual, mas é sobre o conceito de correcção que se deve reflectir.

Ainda que possa parecer, à primeira vista, contrário ao bom-senso e até à equidade, o processo «justo» não é aquele que atinge a verdade absoluta ou que satisfaz o interesse colectivo. O processo correcto é aquele que se desenvolve no respeito das regras, sem se preocupar com o resultado.

Pode compreender-se que choque a sensibilidade de muitos esta indiferença pela substância em proveito da forma, mas da atenção pelo processo nasce a premissa da segurança dos cidadãos, um dia talvez e desafortunadamente citados como arguidos.

Por esta razão é indispensável que no processo o advogado exercite sem titubear o seu papel de antagonista, função não hostil aos interesses gerais, mas útil para suster a fraqueza do indivíduo no confronto com um poder público por definição mais forte. Poder público sacrossanto mas não infalível, poder público imparcial em teoria mas nem sempre na prática.

A tarefa da colectividade consiste em aceitar que este jogo das partes possa subtrair um possível culpado à sanção. É um esforço, porém, recompensado com o reconhecimento, por todos, de estarem menos sós no confronto com a máquina judiciária.

Todavia, uma coisa são os princípios e outra é a sua concreta aplicação, uma coisa são as garantias abstractas reconhecidas ao indivíduo, e outra é o pleno exercício do direito de defesa.

Além das enunciações de fachada, ocorrem periodicamente circunstâncias de todo o género e variada força que provocam a compressão dos direitos dos indivíduos. São elas a ameaça de movimentos subversivos ou a propagação do crime organizado, em todo o caso as exigências de defesa social procuram limitar em concreto os espaços defensivos, destroem-nos deslegitimando-os, e constrangem o advogado a fazer recuar o limite do permitido. Os medos que ao mesmo tempo percorrem as cidades traduzem-se num endurecimento das relações, até para quem defende.

Fica dito, porém, que os princípios de que falámos e a sua aplicação concreta não são só postos em discussão pela razão de Estado que reemerge a cada ameaça externa e interna, mas são também aviltados no confronto quotidiano com a realidade judiciária. O motivo é simples e inelutável: nem todos os acusados são iguais e não é igual a força defensiva que os indivíduos conseguem pôr em campo. A lei é igual para todos aqueles que estão em condições de aproveitar as oportunidades de defesa que as regras escritas fornecem. Portanto, em concreto, não é igual para todos.

Para voltar à questão inicial e, consequentemente, para nos interrogarmos a favor de quem actua o advogado, deve reconhecer-se que o seu papel não se limita à defesa do assistido numa função exclusivamente privatística, indiferente às pretensões do ordenamento.

Ao advogado também se pede que desempenhe uma função social de mediação entre cidadãos e Estado, numa actividade de filtragem nos confrontos das pretensões, das instâncias e das tentativas de fuga incorrecta da jurisdição, da parte do indivíduo.

A este propósito, a realidade norte-americana oferece a ocasião para aflorar o fenómeno surgido nos anos sessenta e que depois se difundiu com grande clamor: o da defesa dos «interesses colectivos».

O cidadão comum não conhece as normas jurídicas porque elas estão consolidadas num «corpus» sempre mais complexo e por isso inacessível às pessoas não especializadas.

Se se consideram os preceitos que presidem à questão dos contextos sociais específicos (por exemplo, escolas, ou prisões, para citar alguns) ou as normas que regulam a produção das manufacturas ou que em geral tutelam os interesses difusos da população, compreende-se que o homem comum não está sequer em condições de aperceber-se da ameaça aos próprios direitos e muito menos de pensar na sua salvaguarda.

Enquanto, em regra, são os clientes que sofrem uma lesão danosa e se dirigem ao advogado a fim de que prepare o contencioso e lhe defina os objectivos, nos casos mencionados só uma activação externa poderá difundir a consciência dos direitos individuais e estimular a sua tutela.

Com este fim assistiu-se, no fim dos anos sessenta, à difusão de um forte empenho da advocacia consagrado à tutela dos direitos e das liberdades civis, à protecção do ambiente e à afirmação dos direitos dos consumidores.

Invertendo o modo tradicional como se realiza o encontro entre o cliente que procura e o advogado que veste com indumentárias legais a queixa, um consistente número de profissionais americanos estabeleceram-se por conta própria, tutelando os direitos da colectividade nas relações, por exemplo, com instituições privadas ou públicas, ou com sociedades de capitais.

Nasceram os chamados «defensores de interesses públicos», ou melhor, fornecedores de assistência jurídica a classes de clientes que denunciam a lesão de bens colectivos.

Tal prática tem uma relevante característica: estes advogados não dependem financeiramente dos clientes, que, aliás, não estariam em condições de suportar as despesas imensas para litigar com adversários muitas vezes poderosos e aguerridos, mas sustentados por financiamentos externos, depois satisfeitos com o augurado resultado favorável da pendência.

Esta deslocação radical do custo da causa, a pesar no risco empresarial do escritório dos advogados, fez surgir não poucas perplexidades. Alguns pensam que estes advogados são mais sensíveis aos interesses dos seus financiadores, do que aos dos seus clientes. Outros evidenciam que as motivações são excessivamente ideológicas ou, pelo contrário, fortemente influenciadas pelo desejo de adquirir visibilidade para eles próprios.

VÍTIMAS: E então o senhor diz que este cromo hexavalente deitado na água da PG&E é perigoso?
E.B.: É, e nós queremos usar estas informações para vos conseguir uma boa indemnização.
VÍTIMAS: Mas quanto custará tudo isso?
E.B.: A nossa parte é 40% daquilo que irão receber.
VÍTIMAS: Hmmm.
E.B.: Sei o que pensam: dizem «estamos fartos e estes bufões querem levar-nos 40% do nosso ressarcimento». Mas se não chegarem a receber nada, não terão qualquer custo. Nós, no entanto, arriscamo-nos por todas as despesas, e já entrámos nas economias do escritório.
VÍTIMAS: Ok, dêem-me uma caneta.
E.B.: Estamos, então, de acordo.
VÍTIMAS: Mas têm de nos prometer que os faremos pagar. Pelas histerectomias, os tumores nos rins e tudo...

(*Erin Brockovich* de Steven Soderbergh, 1999.)

Para além destes aspectos que comportam uma série de delicados contornos deontológicos que serão tratados quando se falar dos problemas que acompanham a relação advogado-cliente, resta o facto de que tal prática põe em risco o quadro dos interesses prosseguidos pelo advogado.

Não se está, de facto, perante uma obra apontada à tradicional tutela do indivíduo, nem mesmo uma iniciativa visando proteger o interesse público, muitas vezes considerado patologicamente como interesse do Estado. É antes uma actividade de protecção de direitos colectivos, muitas vezes em conflito com interesses privados também poderosos e portanto um dever discutível talvez pelas modalidades de exercício, mas seguramente original e não inútil.

Mais uma vez se manifesta uma profissão de múltiplos aspectos que deve e pode responder a plúrimas solicitações, variáveis conforme o contexto político e socio-económico que a circundem. Como todas as profissões.

Um papel anfíbio que flutua entre o interesse público e o privado e que deve responder a pretensões muitas vezes conflituantes.

Precisamente a esta lealdade dividida, que atormenta a vida profissional de cada advogado, e à inevitável ambiguidade consequente que acompanha a relação com o cliente, é dedicada a parte que segue.

> Entre o sorriso saxão e o ladrar americano. A bigorna e o martelo.
>
> JAMES JOYCE, *Ulysses*.

4. O dever de uma dupla lealdade: em relação ao cliente e à autoridade

O advogado, para atingir os confins da própria função, deve dirigir o olhar para as múltiplas figuras que circundam a sua actividade.

A do juiz que tem a onerosa tarefa de decidir, a do ministério público que se encarrega de conduzir as investigações, a dos colegas a quem está ligado pelo princípio do «coleguismo», a da opinião pública que, estimulada pela curiosidade, quererá estar informada, e a dos *mass media* alimentados pelo dever de notícia, mas muitas vezes animados de profissionalidade demasiado voraz.

Porém, o interlocutor mais tradicional, sobre quem se adensam problemas antigos e constantes, é o cliente. Outrora exclusivamente individual, hoje frequentemente de grupo, é quem propõe o trabalho da defesa, qualquer que seja a dificuldade, o crime, a pessoa.

Referiu-se atrás a «específica ambiguidade» que caracteriza a posição do advogado. Ele encontra-se dividido entre o interesse do cliente e a dimensão público-judicial da qual faz parte enquanto pretende a legalidade como profissional, mas deseja a justiça como cidadão. Estudou como jurista «cândido», mas actua como jurista «calejado».

A sua é uma «lealdade dividida» vivida quotidianamente, respeitando tanto o Estado quanto quem é acusado de lhe ter violado as regras.

Pode parecer um oximoro que quer esconder a ambiguidade, mas praticar com rigor e dedicação a «lealdade dividida» significa manifestar a forte identidade da profissão de advogado.

Para este não pode haver perplexidade: o seu posto é ao lado do cidadão envolvido nas dificuldades da justiça, e o seu esforço consiste em estudar e praticar as escolhas para ele mais favoráveis.

O Código deontológico forense italiano (aprovado na sessão de 17 Abril de 1997 do Conselho nacional forense, modificado em 16 de Outubro de 1999, em 26 de Outubro de 2002, e por último em 27 de Janeiro de 2006) guia-o nestas obrigações.

O art. 7 impõe-lhe a «fidelidade» ao cliente:

> É dever do advogado desempenhar com fidelidade a sua actividade profissional. Constitui infracção disciplinar o comportamento do advogado que comete conscientemente actos contrários aos interesses do próprio assistido.

E depois explica que:

O DEVER DE UMA DUPLA LEALDADE: EM RELAÇÃO AO CLIENTE...

O advogado exercita a sua actividade em plena liberdade, autonomia e independência para tutelar os direitos e interesses da pessoa,

acrescentando que assegura «o conhecimento das leis». Sobretudo contribui

> deste modo para a realização da ordem jurídica para fins de justiça: no exercício da sua função, o advogado vela pela conformidade das leis aos princípios da Constituição, no respeito da Convenção para a salvaguarda dos direitos do homem e do Ordenamento comunitário, garante o direito à liberdade e segurança e inviolabilidade da defesa, assegura a regularidade do juízo e do contraditório.

As expressões são esclarecedoras: atendo-se a tais cânones, o advogado contribui «desse modo» à realização do ordenamento. Ao mesmo tempo o respeito das normas indicadas não é derrogável, na medida em que o advogado deve ter como guia também o dever de «desempenhar a sua actividade profissional com lealdade e correcção».

O encontro entre vertente privada e objectivo público não poderia ser delineado em termos mais precisos.

Na variedade das normas surge um outro motivo digno de interesse, que confirma aquela que foi a chamada «facciosidade na correcção» do defensor.

O Código Penal de 1930, velho e rugoso mas sempre vital, apresenta uma disposição que tem um longo passado.

Trata-se do art. 380 c.p., intitulado «Patrocínio ou consulta infiel». Ele pune algumas pessoas, entre as quais o advogado, quando não cumprem os «deveres profissionais» e assim causam «um dano aos interesses da parte [...] defendida [...]».

É uma norma que se relaciona com a tradição, que punia a «prevaricação» com o código de 1889, este por sua vez ligado ao código sardo-italiano de 1859.

Esta figura não era outra coisa senão «o patrocínio infiel em causa penal», cometido pelo patrocinador que, «tornando-se infiel aos deveres do próprio ofício, prejudica o acusado por ele defendido» (art. 223).

Mas o verdadeiro significado desta advertência está no facto de que este crime, desde sempre, é incluído entre os crimes «contra a administração da justiça».

É evidente que os redactores do Código de 1930 quiseram, com esta sistematização, chamar a atenção para a correcta gestão judiciária, deixando a uma protecção meramente reflexa a salvaguarda dos interesses do cliente.

Actualmente não se operam mais hierarquias e sublinha-se, com clareza, que a tutela é dupla: quer a que é dirigida à fidelidade para com o cliente, quer a que é dedicada a preservar o interesse público no normal funcionamento da máquina judiciária, lesada pelo patrocínio infiel durante a pendência processual.

Este binómio, anunciado e pretendido, está sujeito a uma espécie de pacto submerso.

O advogado adquire a autonomia através de um controlo directo e público com o empenho de se dotar de um sistema de autocontrolo individual e colectivo que proteja os interesses equilibrados do cliente e da sociedade. Nascem assim as regras deontológicas, que se desenvolvem segundo mecanismos de organização interna e que deveriam satisfazer ambos os interesses.

Nos anos 80 a discussão rebentou devido a algumas, felizmente poucas, sentenças que qualificaram como ilícitas as condutas do advogado dirigidas não a manipular mas a neutralizar a prova. A conclusão foi no sentido de que «compete ao defensor concorrer à criação das condições para a prolação de uma sentença justa».

Evidentemente o clima daqueles anos ressentia-se do código processual da época, modernizado mas também sempre fruto duma matriz inquisitória e autoritária.

Nesta moldura, a função do advogado tornava-se subordinada a um dever de justiça, segundo a tese de que «a defesa deve iluminar o direito e não defraudar a justiça. Ela é defesa do direito e não do delito».

Uma semelhante formulação, com o subsequente código de 1989 e as ulteriores modificações constitucionais, sofreu um reajustamento porque mudaram as inspirações de fundo.

Foi-se afirmando um processo dialéctico fundado, como já foi dito atrás, sobre o contraditório e, portanto, alimentado pela intervenção directa das partes na formação das provas, e pela sua capacidade de contribuir para a reconstrução dos factos do modo mais próximo possível à realidade dos mesmos.

As novas normas resistiram, embora com numerosos desacordos, a fazer concessões ao outro modelo, aquele que se pode chamar cooperativo, no qual qualquer actor da cena judicial deveria actuar com vista à descoberta da verdade substancial. E desta verdade superior também o advogado deveria encarregar-se, transformando-se em «colaborador» da justiça.

É a actualização reelaborada de tudo quanto teve de sustentar um ilustre e mítico estudioso do direito do fim de oitocentos, segundo o qual «também a defesa é um ministério público».

Mas, primeiro, o aparato constitucional, depois a nova promulgação do código de processo, e por fim as reformas constitucionais em matéria de «justo processo» evitaram dispersões e fixaram princípios indiscutíveis e relevantes. O direito de defesa é «inviolável» (art. 24.2 constituição), a presunção de inocência permanece até à condenação definitiva (art. 27.2 constituição), as regras de formação da prova segundo a lógica do processo de partes (art. 111 constituição) fazem sentir o advogado não «principalmente» mas «exclusivamente» um defensor, e não um auxiliar ou um colaborador do juiz.

O advogado não tem obrigações de verdade, mas é homem de parte e deve agir «para buscar e individualizar elementos de prova a favor do próprio assistido», como precisou ainda o art. 327 bis c.p.p. reformulado pela Lei sobra Investigações defensivas (nº 397 de 2000).

Portanto, nenhum embaraço: partidário, zelador por dever, dedicado ao encargo recebido, indiferente aos resultados processuais, a não ser no que respeita aos interesses do seu assistido.

Exemplares, neste sentido, são as palavras de Frank, expoente do realismo jurídico:

> O advogado visa ganhar a batalha forense, não ajudar o tribunal a descobrir a verdade. Ele não quer que o júri venha a formular uma válida e conscienciosa hipótese, se ela é contrária aos interesses do seu cliente (*Courts on trial*, Atheneum, New York, 1963, p. 85).

Ele concorre, portanto, ao desenvolvimento de um processo «leal», em que a imparcialidade da verificação dos factos por parte do juiz é garantia para todos os cidadãos.

Os seus deveres concernem à correcção dos meios jurídicos usados e ao respeito das regras, que devem ser tuteladas sempre e por todos.

Não poderá agir como conselheiro fraudulento fornecendo indicações ilegais, como o advogado Tom Hagen, desempenhado por Robert Duvall em *The Godfather* [*O Padrinho*] de Coppola. Ele está inserido estruturalmente na «família», protege-a tecnicamente e cumpre fielmente as suas directivas.

Não poderá aceitar defesas que tenham o único fim de iludir a lei, como é propenso a fazer o advogado Gobillot no *En cas de malheur* de Simenon, tornado célebre pelo desempenho de Jean Gabin. À perplexidade sobre as pretensões do cliente («conselhos para iludir a lei») expostas à mulher Vivian, esta responde-lhe de forma lapidar:

> Quanto te oferece? O que decide é a cifra. Não percebes que pode constituir a solução de todas as nossas dificuldades?

Não poderá comportar-se deslealmente, viciando as cartas na mesa para vencer a causa, como a advogada desempenhada por Cher em *Suspect* [*Sob Suspeita*] de Peter Yates. Kathleen Riley, advogada empenhada numa defesa dura e difícil que lhe corre mal, apercebe-se de que teve no passado uma relação com um elemento do júri. Contacta-o e, fora da sala do tribunal, persuade-o das próprias razões, levando-o a fazer triunfar também com os outros jurados.

Nem poderá intimidar as testemunhas para as levar a dizer aquilo que interessa ao próprio cliente. É assim que se comporta o antipático advogado Russo no *Delitto d'onore* de Giovanni Arpino, perante a tia do assistido, Gaetano Cétara, que adverte «não deves entrar no tribunal e não te deves fazer ver quando te chamam», para concluir «deves-me obediência».

Além disso, os princípios-guia são fortalecidos pelas normas deontológicas, às quais deve ater-se no desempenho do seu papel.

O seu preciso dever é o de não mudar «as cartas na mesa» fazendo batota ao jogo, ainda que deste modo se pudesse vencer a partida.

O art. 14 do mais vezes citado e reformado Código deontológico é límpido ao enfrentar o «dever de verdade», delineando-o como uma especificação da «lealdade» em relação ao juiz e ao ordenamento.

> As declarações em juízo relativas à existência ou inexistência de factos objectivos, que são pressuposto específico duma medida do magistrado e da qual o advogado tenha directo

conhecimento, devem ser verdadeiras e, de qualquer maneira, tais que não induzam em erro o juiz. O advogado não pode introduzir intencionalmente provas falsas no processo.

Portanto, o seu dever não é o de contribuir para obter uma verdade para além do quadro, mas sim o de não alterar enganando, com a fraude, os outros participantes.
E neste sentido se exprime o art. 80 c.p.p., que impõe um «dever de lealdade e probidade» que não é dever de empenhamento na descoberta da verdade, excepção feita às declarações em juízo relativas à existência ou inexistência de factos objectivos, que sejam pressuposto específico para uma medida tomada pelo magistrado.

Olhando para lá do oceano, descobrimos que a situação americana é em muitos aspectos semelhante à nossa.

O defensor, além de actuar no sistema legal e ser responsável pela «qualidade da justiça», é um «representante do cliente». E neste papel qualifica-se como *partisan advocacy*, um «partidário neutral», cuja «amoralidade» se transforma, segundo uma feliz expressão, em «moralidade funcional».

Diz-se a este respeito que «se a defesa partidária funciona, o juiz verá sobressair mais as particularidades do caso concreto». Donde resulta que o partidarismo contribui para alargar o campo de observação do juiz.

A esta luz, o advogado aparece não como uma necessidade a lamentar, mas como «uma parte indispensável de uma mais geral ordem das coisas». O advogado faz tudo aquilo que a lei lhe permite para o favorecer, como no caso, entre tantos, do honesto advogado interpretado por James Stewart no brilhante filme de Otto Preminger, *Anatomy of a Murder* [*Anatomia de um Crime*].

Outra mais ousada e menos seguida definição é a da *neutral partisanship*, figura legal desprendida de considerações de moral e justiça, segundo a mais pura tradição do realismo jurídico. Se o direito é desligado da moral, observa-se, as questões éticas e deontológicas são também expulsas do sistema jurídico, com a consequência de que se extinguem também os dilemas que invadem a profissão forense. Subsistirão apenas as questões jurídicas respeitantes à regularidade da conduta do defensor segundo o código. Os filmes americanos hesitam sobre este aspecto, oferecendo um mostruário de advogados criticados pelo cinismo, como analisa o crítico norte-americano Tonja Haddad. Muitas vezes aparecem em contraposição com o advogado respeitoso, como nos duelos legais entre Paul Newman e James Mason em *The Verdict* [*O Veredicto*] de Sidney Lumet, ou entre Matt Damon e Jon Voight em *The Rainmaker* [*O Poder da Justiça*], de Coppola.

Esta visão, estranha a qualquer influência ética, é a do «*bad man*» de que falou Oliver Wendell Holmes em *The path of law* no longínquo ano de 1897 (in *Harvard Law Review*, 1897, pp. 458-69). O homem mau quereria perseguir sem limites os próprios interesses exclusivos, mas encontra no caminho o obstáculo da lei que procura violar, iludir, contornar, com o risco de ser punido.

O ponto é, em todo o caso, crucial e merece alguma ulterior reflexão para evitar mal-entendidos.

Falar de facciosismo parecia, ainda há um decénio atrás, incauto e transgressivo na medida em que acentuava o apoio indiscriminado ao cidadão privado, deixando na sombra os direitos e os deveres no que respeita às normas.

Agora a situação é mais clara porque a modificação do art. 111 da nossa constituição reavalia o processo como lugar de dialéctica entre partes de igual dignidade. Além disso, a citada lei sobre averiguações defensivas permite ao advogado realizar actividade no interesse do cliente, de valor igual à do Ministério Público. Também a defesa pode recolher as provas e levá-las ao processo, a fim de serem verificadas pelo contraditório entre as partes.

A Cassação afirmou, numa decisão conjunta das Secções [civil e penal], que no acto de empreender investigações de parte o defensor assume a veste de oficial público, continuando, no entanto, a actuar no interesse exclusivo do próprio cliente (art. 327 bis c.p.p.).

Neste ponto ocorre recordar os limites, nunca preteridos e sempre necessários, que impõem a confirmação de que não podem ser viciadas as cartas quando o pleito se desenvolve perante o juiz e que, portanto, as provas fornecidas no decurso do processo devem ser genuínas.

É interessante notar como também noutros ordenamentos as regras deontológicas são muito precisas a esse respeito e vão mesmo ainda mais longe.

No caso americano, por exemplo, é exacerbado o conceito de advogado como «guardião da lei», que se torna um operador do sistema judicial ao qual é pedido que não ultrapasse «o último limite do zelo».

A enumeração de cada dever específico seria extenuante, mas qualquer exemplo tirado dos padrões da American Bar Association pode ser precioso.

O ADVOGADO NECESSÁRIO

O advogado não pode empreender uma causa que considere substancialmente «ilegítima», não pode praticar actos com fins declaradamente dilatórios, deve mencionar qualquer decisão dele conhecida, mesmo que lhe seja desfavorável, não pode adiantar deduções sem a razoável convicção de que são dotadas de *admissible evidence*, deve abster-se na alegação final de deturpar os factos e as provas e de se referir a elementos estranhos, a fim de não transviar a formação do livre convencimento. Deve ser partidário e deve ser correcto: não há nisso contradição.

E o que é que pode acontecer quando o advogado conhece a verdade que o seu cliente esconde?

É óbvio que não tem o dever de a revelar, mas deve abster-se de deduzir provas manipuladas que resultem em contraste com aquilo que ele conhece.

Concluindo, a defesa deve ser exercitada dentro do sistema, no processo, com os instrumentos que este oferece e os meios que são permitidos. De resto, este é o compromisso que as partes do pelito processual devem assumir: qualquer que seja o crime e quem quer que seja o réu, só podem ser utilizadas armas lícitas.

Houve ocasiões, e isso foi recordado nos capítulos precedentes, em que a parte visava alterar os esquemas, impedir o rito processual, não reconhecer os protagonistas. Naquele processo, ela não se nos identificava e empenhava-se a destruir-lhe as engrenagens, obstaculizando assim o funcionamento de todo o mecanismo.

Mas aquela era uma prática de ruptura, que queria colocar a defesa no âmbito preciso, isto é, fora «do» processo. Um outro esquema, um outro objectivo.

ADVOGADO SPAT: Senhor Kohler, este encargo é demasiado ambicioso para mim... recuso.
ISAAK KOHLER: Aceitará, uma ocasião é uma ocasião, e o senhor precisa dela.
Acabei por aceitar, se bem que de manhã ainda pensava em recusar. Sentia que estava em jogo a minha reputação de advogado, a proposta de Kohler era absurda, abaixo da minha dignidade profissional, uma ocasião para ganhar dinheiro de modo estulto.
FRIEDRICH DÜRRENMATT, *Justiça*.

5. A autonomia do cliente

A configuração das relações entre advogado e cliente, durante o desenvolvimento da defesa, deveria neste ponto mostrar-se mais nítida: respeito da lei por um lado, e do outro busca do melhor direito e da máxima utilidade a favor do assistido.

Para completar o quadro existe ainda uma cavilha, abstracta mas decisiva: trata-se da autonomia do cliente.

Poderia parecer contraditório apoiar a natural parcialidade do advogado e depois reivindicar-lhe a autonomia, como se o cliente se encontrasse ao lado de um advogado consagrado à sua tutela e ao mesmo tempo a trabalhar de modo independente.

Trata-se, na realidade, de abordagens distintas e que assim devem permanecer.

O seu papel coloca o advogado do lado do inquirido, obrigado no rito processual sem complacência para com os outros protagonistas. Mas em tal posição mantém-se intacta, ou pelo menos deveria manter-se, aquela autonomia que acentua a distância do cliente e do crime que lhe é reprovado.

Antes de entrar nos detalhes, apresenta-se uma questão preliminar: que liberdade tem o advogado para decidir aceitar a defesa? Pode não o fazer e, portanto, recusar o mandato? Existe um dever de aceitar de toda a maneira, qualquer que seja a tarefa oferecida?

Em geral o advogado não tem obrigação de aceitar a defesa proposta e pode mesmo renunciar no decurso do processo, salvo tratando-se de defesa oficiosa.

As normas reconhecem ao advogado a mais ampla liberdade, e não autorizam ou ainda impõem verificações sobre os motivos da aceitação ou da renúncia do mandato. A deontologia profissional, pelo contrário, prescreve a interdição de comunicar as razões da renúncia à incumbência.

O art. 107 c.p.p. limita-se a reclamar que tais decisões sejam prontamente comunicadas à autoridade competente, para evitar entraves ao mecanismo processual.

Esta orientação é comum a outros ordenamentos. Por exemplo, o francês prevê uma «*cause de conscience*» que permite ao advogado abandonar o encargo por razões de consciência. O norte-americano também permite o abandono quando «o cliente insista em perseguir um objectivo considerado pelo advogado impróprio ou temerário».

Não há dúvida de que o advogado como cidadão esteja ligado a princípios e valores individuais, influenciado pela sensibilidade, pelos ideais e talvez, mesmo, pelas ideologias. É evidente que tal bagagem pode levá-lo a renunciar a alguns trabalhos, sem com isto ter necessidade de proferir um hino à objecção de consciência perante certos crimes. Assim como a crise pode surgir por razões mais íntimas e privadas que comprometeriam a relação fiduciária com o cliente.

Podem, pelo contrário, existir ligações estritamente pessoais que levam ao limite da solidariedade com o cliente e com o grupo que ele representa.

É a categoria da «simpatia», que pode estender-se desde a humana à política, desde a social à institucional. Ela contrapõe-se à invocada «neutralidade afectiva» para com o cliente, sustentada por Talcott Parsons in *Società e cultura* (il Mulino, Bologna, 1956, p. 78), para quem o advogado não aprova os desejos, não defende a vontade do cliente, mas o seu «bom direito».

Pode, quando muito, verificar-se uma adesão total ao arguido, através do consenso relativamente à qualificação delituosa reivindicada em sede processual. É situação rara, mas que se encontra por vezes no decurso dos processos políticos, como sucede no [romance] *La ragazza di Bube,* de Carlo Cassola, quando se celebra, na ainda turva atmosfera da Resistência, o processo de Bube, *partigiano* envolvido num tiroteio em que perderam a vida três pessoas. Na altura do debate, defende-o, ao lado do frio e técnico advogado Raffaelli, o apaixonado e associado advogado Paterno, o qual «com ardor oratório tinha falado de política, mais do que outra coisa».

Mais divulgada é a adesão genérica às razões do cliente por solidariedade com os motivos da actuação, embora discordando dos comportamentos.

A situação é conhecida e frequente: ela manifesta-se no apoio às razões ideais do patrocinado, seja individual ou colectivo, que exprime objectivos compartilhados.

É este o caso de alguns processos políticos, das defesas sobre temas como os do ambiente, a saúde e a posição dos trabalhadores, do contraste relativamente aos poderes económicos e empresariais, da tutela dos cidadãos representantes de categorias sociais específicas (por exemplo, aforradores, consumidores).

Em geral, as razões que suportam a opção de aceitar o encargo podem ser variadas.

Seria hipócrita, para uma profissão que tem na componente empresarial um aspecto estrutural, negar que muitas vezes na base da decisão de aceitar ou não o encargo se encontra uma motivação de tipo económico.

É inútil mirar-se num espelho partido que não reflecte a realidade: a esmagadora maioria dos advogados luta duramente pelo «decoro» de uma profissão que é cada vez menos gratificante do ponto de vista económico. Os advogados procuram ser visíveis no mundo exterior para atrair clientela, esforçam-se para construir uma organização decente, lutam com uma concorrência devoradora.

A AUTONOMIA DO CLIENTE

Como não reconhecer que a remuneração é um propulsor que inspira a aceitação de uma defesa? Como não reconhecer que pode ser recusada uma defesa quando a compensação é insuficiente em atenção ao caso, ao compromisso, à dificuldade?

Por outro lado, no processo de hoje, dilatado para fora do perímetro judicial, assume particular vigor a mola da gratificação profissional e pessoal. A comunicação de massa nas várias formas manifesta muita predilecção, prontamente recompensada, pelos factos da crónica judicial. Assumir a defesa em causas célebres, adquirir uma notoriedade que sai das salas da própria cidade não satisfaz só um discutível narcisismo, mas fornece um veículo de aviamento profissional, um instrumento útil para aquisição de clientela.

Mas qualquer que seja o motivo que leva a aceitar ou não um encargo, ao advogado são reconhecidos espaços de escolha que aos fornecedores de serviços públicos são negados. Isso significa que o vínculo fiduciário entre assistido e profissional é uma condição indispensável para favorecer aquele papel partidário que, como se disse, é considerado um valor em si.

Em todo o caso, as escolhas subjectivas do advogado para se identificar com o cliente, ou melhor, para aderir à sua defesa ou instância, não podem tirar valor às sempre possíveis ou reivindicadas identificações falhadas.

Noutros termos, pode existir sintonia ou contiguidade com o cliente, intuível ou manifesta, mas ela não pode nunca ser presumida.

O advogado pode escolher defender ou não, mas quando assume o encargo não deveria suportar preconceitos ou presunções pela escolha feita.

Há vários factores a ter em conta: um é o advogado, outro é o suspeito como pessoa, outro, ainda, é o crime em discussão como facto anti-social. E ser defensor não autoriza assimilações com o assistido e muito menos com a infracção que se discute, muitas vezes pérfida ou repugnante.

A autonomia é um valor em si que deve ser averiguado e protegido, mas é também um dever, como recorda o art. 10 do reformado Código deontológico forense:

> No exercício da actividade profissional o advogado tem o dever de conservar a própria independência e defender a própria liberdade de pressões e condicionamentos externos. O advogado não deve ter em conta interesses respeitantes à própria esfera pessoal.

Daqui, sempre em linha abstracta, parte a indiferença do advogado em tutelar as pessoas mais díspares, sejam elas amigos ou inimigos, réprobos ou vítimas, marginais ou integrados, reincidentes ou inocentes.

Mas não só. O desenvolvimento do processo penal permite avançar com pedidos de ressarcimento das vítimas através da tutela legal. E o advogado poderá apresentar-se nesta veste de acusador privado, para obter a reparação dos danos.

Ora bem, ainda em tal função de tutor do prejudicado, a posição de independência não é menor. Defesa e acusação privada representam papéis antitéticos e

A AUTONOMIA DO CLIENTE

comportam abordagens técnicas diferentes, mas fazem parte, para lá das predilecções da pessoa do advogado, da mesma função. Num e noutro caso, a distância entre o advogado e o cliente é e deve ser análoga.

Os deveres, para o advogado, de autonomia e independência fazem surgir como num espelho o seu direito (que se pede à colectividade que respeite) de ser julgado pelo modo como ele se empenha, não por quem defende ou pelo crime imputado ao cliente.

Em suma, não deveria contar o cliente que se defende ou o tipo de crime em questão, mas deveriam ser objecto de valorização apenas as formas como é exercitada a função, isto é, como se defende.

O «como defender» é o fulcro da prestação técnico-legal: ligada à tradição, mas desempenhada com os recursos de uma profissão intelectual no encalço da modernidade.

O advogado herdou instrumentos de trabalho, isto é, as normas e a deontologia, que representam a sua bússola magnética e que continuamente são afinados.

Ao mesmo tempo, a bagagem profissional é continuamente enriquecida pela realidade circundante.

Não só: a acção judicial arromba as portas da sala de audiências para sair para o exterior, dando vida ao chamado «processo difuso». Imprensa e opinião pública apropriam-se da história e, como depois se dirá, trituram-na, condicionando-a, com o objectivo de a controlar.

Evidentemente, o andamento do processo arrisca cada vez mais o distanciamento das regras do código e dos seus temas especializados, para se tornar um facto colectivo.

Por isso, os conteúdos do serviço forense devem-se renovar e não podem esgotar-se no mero tecnicismo. Eles devem articular-se em variadas componentes que incluem desde a habilidade subjectiva até à capacidade organizativa, desde as exigências empresariais ao confronto com uma concorrência cada vez mais agressiva.

O conhecimento técnico geral deverá integrar-se com o especializado, sobretudo num momento histórico no qual o direito se encontra perante novos cenários. Em particular o progresso tecnológico-científico, as novas fronteiras da medicina e das ciências coligadas, fazem o seu ingresso prepotente também no processo penal, com as suas dúvidas de fundo sobre os limites da ciência, sobre a sua certeza, sobre a aceitação dos seus resultados.

O advogado conhece por tradição a sua posição no triângulo da justiça, ao lado do acusador, olhando os dois para o vértice ocupado pelo magistrado que julga.

Noutros termos, sabe que não exprime juízos finais, mas fornece um contributo para o veredicto.

O advogado está consciente de que é imenso o custo do seu desvio no percurso. Dar conselhos fraudulentos, inspirar a prática de uma infracção penal, manipular as provas, apresentá-las falsas, e a lista poderia continuar, significa cometer o crime de favorecimento, um dos piores e infamantes para um advogado. Na realidade, isso é típico da sua profissão, conduz às malhas do aparelho disciplinar, e comporta o risco concreto de impedir a actividade profissional.

Conhecidos os factos, terá o encargo de procurar as normas a aplicar, ou de fornecer a perspectiva interpretativa mais adequada aos interesses do cliente.

Efectuado este diagnóstico sobre o facto e sobre as leis, apresenta-se a árdua tarefa de decidir qual o caminho a seguir.

A gama das opções é variada: o modo de defender é fortemente influenciado pela gravidade das propostas. O objectivo mais ambicioso é a absolvição, mas igualmente importante é obter uma pena equitativa; não só promovendo o reconhecimento de todas as possíveis atenuantes, mas também através da verificação da capacidade do arguido de compreender e aceitar os factos cometidos, isto é, da sua «imputabilidade».

Quantas batalhas psiquiátricas e forenses foram travadas para estabelecer em que condições se encontraria o arguido no momento de agir! Em confronto com a prova de que seja ele o autor material do gesto criminoso, e por vezes também na dúvida, o fazer perceber a dimensão humana, psíquica e mental do sujeito é objectivo que faz justiça no que é contingente, correspondendo a um cânone de civilização jurídica.

No desenvolvimento do seu trabalho, o advogado pode debater-se com situações críticas e de difícil solução. São aquelas que Luigi Ferrajoli chamou «os dilemas morais» que fazem parte da ética forense.

Pode, por exemplo, definir-se um «abuso do processo» o exercício de práticas, por exemplo excepções processuais, levadas a cabo para impedir o curso judicial ou desviá-lo para um juiz mais benévolo? Existe um limite deontológico ao uso dos institutos previstos no código, ou são todos permitidos porque conexos com a função da defesa?

E ainda mais: pode o advogado, ao defender, acusar outras pessoas? Ou pode consentir, sem reacção, que isto provenha da parte do cliente?

O problema, já de si sério, agrava-se quando se toca o aspecto nevrálgico da sua relação com o cliente.

Se teme ou está deveras convencido da culpa do cliente, pode ele, mesmo assim, aceitar o patrocínio?

Como indagação especulativa, o problema é válido para o advogado que aceita defender a parte civil patrocinando o ressarcimento de danos correlativos à condenação do arguido: se teme ou verdadeiramente está convencido de que o arguido é inocente, pode aceitar mesmo assim o encargo?

É difícil e presunçoso tentar traçar linhas seguras para decisões individuais que se ressentem de subjectividade, das relações com o cliente e com o mundo circundante.

Em princípio, a aceitação do mandato, que é discricionária, deveria idealmente prescindir da convicção pessoal sobre a responsabilidade do cliente.

A presunção constitucional de inocência, antes de mais, impõe que prematuras convicções pessoais do defensor não prevaleçam sobre a decisão, antecipando-a.

De resto, a organização normativa não distingue entre assistência do culpado e do inocente. Não é por acaso que o defensor oficioso, encarregado pelo magistrado na ausência de defensor escolhido pelo acusado, não tem a faculdade de recusar o encargo, independentemente das suas opiniões sobre o facto e sobre o presumido réu.

Podem existir dúvidas, pode quebrar-se a convicção sobre o papel de estranho, mas a recusa a defender poderia traduzir-se num inadmissível prejuízo para quem tinha pedido a assistência, sem a obter.

É o que sustenta Parsons quando afirma:

> Se bem que se espere que o advogado não procure salvar uma pessoa que sabe culpada de um crime, por outro lado pressupõe-se que o cliente tenha direito à compreensão da parte do seu advogado e a toda a ajuda nos limites da razão e da ética profissional (*Law and sociology*, Evans, New York, 1962, p. 62).

Na mesma linha, recorrendo a citações mais acessíveis, tiradas da cinematografia, temos o advogado Guerrieri, protagonista do romance de Gianrico Carofiglio *Testimoni inconsapevole* [*Testemunha involuntária*]:

> Tu julgas que ele esteja inocente?. – Não o sei, não é problema meu. Trata-se de o defender o melhor que pudermos, esteja inocente ou culpado. A verdade, se existe, cabe aos juízes encontrá-la. A nós cabe-nos defender os arguidos (Sellerio, Palermo, 2002, p. 181).

Analogamente, o advogado londrino Mark Keane, protagonista no papel de defensor de *The Paradine Case* [*O Caso Paradine*], escrito por Robert Hichens e realizado por Alfred Hitchcock, exprime um pensamento claro e simples. À mulher que lhe pergunta se defenderá uma pessoa que considere culpada, responde: «Farei igualmente tudo aquilo que puder por ela. Esse é o meu dever.»

Noutro comprimento de onda está a posição anglo-saxónica de Sir Wilfrid Robarts no filme *Witness for the Prosecution* [*Testemunha de Acusação*] de Billy Wilder. Perante um cliente que proclama a própria inocência num caso de homicídio, o célebre advogado procura avaliar-lhe a sinceridade. Usa o monóculo e o seu reflexo sobre o rosto do interlocutor, para concluir que ele resistiu à prova. É inocente, e portanto aceita a defesa.

Neste ponto, esboça-se uma outra e bem mais crucial situação: e se o cliente explicitamente comunica ao advogado que é culpado? Se, pois, o advogado adquire este conhecimento directo, como deverá comportar-se?

Também neste caso não existem obstáculos legais; todavia as sensibilidades pessoais podem explodir e levar a sérios conflitos de consciência.

Não os tem, a este propósito, o astuto advogado Katz no romance *The Postman Always Rings Twice* [*O Carteiro Toca Sempre Duas Vezes*], de James M. Cain, que depois foi adaptado ao cinema. A história apresenta dois amantes, Cora e Frank, que decidiram, com êxito, eliminar o marido dela. A arquitectura do homicídio sofre algumas falhas e Cora é presa, acusada por uma declaração do amante Frank, prestada num momento de profunda perturbação. Intervém o advogado Katz que, conhecida a verdade e que ambos são culpados, decide bruscamente defendê-los a ambos.

A AUTONOMIA DO CLIENTE

Como você, Frank, é o acusador, eu não posso fazer a defesa de ambos; na sala do tribunal estarei sentado junto de você e não de Cora. Mas esteja tranquilo, digo-lhe que o caso está nas minhas mãos. E quando eu assumo a responsabilidade de uma causa, isso significa qualquer coisa.

Os actos processuais são o perímetro intransponível da acção defensiva.

O risco de ser menos eficiente e persuasivo, porque condicionado pelo conhecimento daquilo que está por detrás dos escritos, deve ser sempre considerado presente pelo advogado, até ao ponto de o induzir ao abandono do seu papel.

Apresenta-se, todavia, uma observação: como se concilia, para o advogado, defender uma pessoa que lhe confessou um delito, com aquele dever de verdade de que se falou atrás? Não é ele violado quando se sustenta a inocência e depois implicitamente se convalida a mentira de quem admitiu ser culpado?

A deontologia oferece uma resposta tranquilizadora para o advogado: como afirmou em várias ocasiões Ettore Randazzo, outrora Presidente das Câmaras penais italianas, o código impõe a verdade ao advogado só perante o conhecimento directo de factos objectivos. E os factos objectivos não são aqueles que são inerentes à causa que se discute, mas apenas às situações pessoais do cliente, das quais o advogado teve uma percepção pessoal, como, por exemplo, as condições de vida ou a saúde.

Todas as outras são, pelo contrário, indisponíveis, fazendo parte da obrigação do segredo profissional.

Raciocinar de modo diverso significaria desnaturar a função da defesa, agir em prejuízo do cliente denunciando-o, no respeito de uma verdade em relação à qual não há obrigações.

Para lá do oceano, nos Estados Unidos da América, discutiu-se este delicado problema com nuances muito acentuadas.

Perante o cliente que reconhece a própria responsabilidade e não tem a intenção de confessar mas quer defender-se, subsiste a faculdade de renunciar ao mandato. Se o momento processual já não o permite, o advogado tem uma série de oportunidades que pode utilizar para limitar a própria dificuldade.

Por exemplo, é-lhe permitido declarar publicamente na audiência, antes que o cliente-arguido preste declarações, que aquilo que vai seguir-se é contrário à sua opinião.

Ou então é-lhe atribuída a faculdade de não mover acusação de falsidade contra a testemunha, nem ainda menos de tirar argumentos, na alegação final, da sua presumida falta de credibilidade. E isto porque ele sabe que a testemunha não é falsa e não é inatendível.

Em cada caso, todavia, existe um limite no modo de exercitar a defesa, que se mantém intransponível: evitar a condenação de um sujeito que o advogado sabe, desde que o admitiu como cliente, estar inocente.

Perante a obstinação da defesa, que arrasta quem é estranho para o abismo da condenação, o defensor não pode senão renunciar ao mandato.

Ao mesmo tempo, porém, é-lhe interdito revelar algo de que tenha tomado conhecimento através do cliente, enquanto ligado ao segredo profissional.

É uma situação limite e dramática em que o advogado se encontra envolvido de modo inextricável.

Tal como é inaceitável a condenação de um inocente, do mesmo modo é inadmissível a violação do pacto de fidelidade com o cliente que se defende mas que admitiu ser culpado.

Posição semelhante, embora não idêntica, é aquela em que se encontrou um célebre advogado e professor, Giandomenico Pisapia, perante o Tribunal Penal de Milão, há muitos anos.

Não defendia o acusado, mas detinha um terrível segredo: um cliente, na penumbra do segredo profissional, tinha-lhe revelado ser autor de um homicídio pelo qual outra pessoa estava a ser julgada. O advogado enfrentou a cena processual não revelando nenhum nome, mas afirmando ter a certeza, sem poder revelar a fonte, de que não era culpado o inquirido. Este foi absolvido. Porque sabiam que Pisapia era um advogado respeitável, um homem de honra.

Perante esta tormenta deontológica permanece, intacto e difundido, o retropensamento da maioria: «Porquê continuar a gozar de um processo justo também aquele que se mostrou delinquente e culpado?» A resposta pode parecer formal mas é sacrossanta.

Num país que se impôs preceitos e regras como as nossas constitucionais, é indispensável que estas valham para todos e em todas as situações.

Mas não basta. O aspecto mais actual e retumbante da tutela do assistido é a protecção da interferência externa, dos grandes rumores que arriscam alterar o correcto desenvolvimento do processo e a serenidade de quem deve julgar.

A actividade judicial assume por vezes uma dimensão pública, o processo desenvolve-se cada vez mais fora dos palácios da justiça, no sentido de que troca continuamente mensagens com o exterior, e a realidade processual alimenta-se da ligação contínua com a realidade circundante.

Podem nascer situações que pouco ou nada têm a ver com o desenvolvimento clássico, previsto nos códigos, que vive no reservado das salas dos tribunais. É inegável que as notícias judiciais caem com violência na sociedade política e civil, absorvidas com voracidade. Deste modo se acciona [como no jogo de *badminton*] uma espécie de peteca de interacções entre processo e colectividade: surgem temas de discussão valorizados pelo judiciário, afirma-se a necessidade de soluções normativas, surgem aceleradas propostas de reforma.

Os cidadãos, tornados, contra a sua vontade, protagonistas na cena processual, sofrem repercussões imprevistas no seu mundo pessoal. As carreiras prejudicadas pelo descrédito mediático, as chances da vida, por vezes também familiares, podem ser gravemente destruídas.

É história recente a renovação das classes dirigentes, políticas ou industriais, derrubadas pela força do judiciário transbordado no mundo das instituições e da empresa.

Mas existe o fenómeno oposto, isto é, a pressão do exterior exercitada sobre o processo.

A interferência da imprensa é incontestável. De simples produtora de crónicas, torna-se caixa-de-ressonância de temas gerais ou de humores colectivos que recaem implacavelmente sobre o desenvolvimento do processo.

Depois a opinião pública ultrapassa o perímetro judicial, propondo-se como interlocutor para ditar a velocidade do ritual, apoiar soluções drásticas e muitas vezes iníquas como a busca de um bode expiatório. A consequência que se provoca é substancial: condicionar o ritual, que pode tornar-se a representação das expectativas da colectividade.

De resto, as opções judiciais não ficam indiferentes a estas advertências, mas dão vida a um resultado «co-gerido».

O aspecto particular e novo é que estes resultados não dizem respeito só à decisão final, mas também à fase da reconstituição dos factos.

Nestes momentos aparece uma plateia indistinta de pessoas que interpretam vigorosamente as expectativas colectivas. Esta multidão exige que a prova se torne «social», que se respeite o seu pedido de justiça, que o factor processual adquira finalidades éticas enquanto projecção das suas esperanças. E isto poderia até não coincidir com o objectivo de verdade que constitui a resposta judicial clássica.

Não é ousado afirmar que estas, e outras, derrapagens possam conduzir a um final processual semelhante à sondagem, resultando assim vitorioso aquele «populismo plebiscitário» de que fala com preocupação Giovanni Sartori em *Homo videns* (Laterza, Bari 1998, p. 41).

Entre 1990 e 2000, desenvolveu-se em Veneza um processo respeitante ao Petrolchimico de Porto Marghera, longo e complexo, seguido pela colectividade também, e sobretudo, local.

O veredicto suscitou fortes reacções, porque contrário às expectativas difundidas, e as polémicas envolveram até o Tribunal.

O seu Presidente, Nelson Salvarani, declarado pertencente à corrente progressista da magistratura, decidiu afrontar o desacordo.

> A magistratura que emite juízos éticos e que corre atrás do consenso das pessoas pertence aos sistemas totalitários [...] o processo penal tem como protagonistas homens de carne e osso, de quem deve verificar as responsabilidades pessoais, segundo regras bem precisas que reclamam a verificação de condutas [...] o processo não deve ter uma finalidade promocional de um dos interesses em jogo [...] o juiz imparcial não deve sentir como coisas próprias as paixões em jogo nem os interesses das partes em conflito, quando deve estar consciente dos valores em jogo, sobretudo os de relevância constitucional («Il respetto delle istituzioni», in *Il Gazzettino. Il quotidiano del Nord Est*, de 9 de Novembro de 2000).

Retomando o tema da autonomia, não é igualmente seguro que o seu valor seja sempre reconhecido e apreciado.

A este propósito, o passado não muito remoto viu rebentarem polémicas acesas sobre muitos assuntos, sobretudo nos de forte impacto social e político.

Desenrolaram-se processos de violência sexual nos quais os advogados defensores foram submetidos a severas críticas por ter defendido alguns arguidos, como se tal actividade prejudicasse a questão feminina.

Organizaram-se debates e convénios nos quais se sentavam no banco dos acusados, não demasiado metaforicamente, os advogados, empenhados em assinalar, de um lado, a sua distância do cliente, e do outro o seu direito-dever de defender.

Durante o processo por causa do massacre da Praça Fontana, suscitou escândalo a decisão de um advogado radical, De Cataldo, de assumir a defesa do arguido Ventura, acusado de concurso no massacre.

E os ânimos inflamaram-se com a notícia de que o então presumido chefe da Autonomia Operária, Toni Negri, teria sido defendido por um senador democrata-cristão.

De resto, todos os processos políticos dos anos oitenta deram livre curso a inúmeras polémicas sobre a contiguidade de alguns advogados a respeito dos arguidos. A tais ataques contrapunha-se a reclamada independência do advogado e a reivindicação da sua equidistância das pretensões do Estado e das estratégias subversivas.

Aliás, naqueles anos manifestou-se uma grande confusão quando alguns advogados, de declarados e opostos partidos políticos, prestaram assistência em defesas que envolviam interesses e sensibilidades de sinal oposto. Eram tempos em que as contraposições também ideológicas eram fortes, e um processo respeitante à lesão dos direitos dos trabalhadores, a agressão ao ambiente ou a evasão fiscal, para citar alguns exemplos, não podia compreender a presença, como defensor, de um advogado pertencente à área da esquerda.

Se isso acontecia, abria-se o caminho da suspeição ou manifestava-se a crítica pela incoerência. Como quando, no processo às fichagens Fiat de 1976, a presença nos bancos da defesa a favor da empresa de um advogado de partido político não assimilável ao patronal suscitou fortes reacções e vivas polémicas.

A este propósito, continua a ser digno de leitura o que escreveu um magistrado notoriamente *engagé* como Antonio Breve:

> Eu próprio fiquei perplexo quando, num processo respeitante a um empresário arguido de homicídio culposo de um trabalhador, me encontrei perante um advogado de esquerda, como defensor: Sem deixar de ser natural o meu direito e dos meus colegas ao sobressalto emotivo, deve ser afirmado que estas escolhas não devem estar sujeitas a preconceitos e deve afastar-se a tentação de assimilar arguidos e defensores, porque estes habitualmente assistem arguidos desagradáveis à maioria da colectividade («Avvocato sinonimo di imputato», in *il Manifesto* de 15 de Maio 1982).

Igualmente emblemática foi a discussão que se abriu em 1978 com a candidatura do advogado e professor Giuliano Vassalli à Presidência da República Italiana. Neste caso a moldura era levemente diferente, porque se tratava de avaliar a oportunidade ou não para o defensor técnico em casos respeitantes a interesses privados (naquela hipótese, o caso Lockeed), de ser simultaneamente parlamentar aspirante ao mais alto cargo do Estado.

De resto, ainda hoje continua a ser fonte de perplexidade a actividade de defensor de interesses privados levada a cabo por advogados parlamentares, os quais devem por definição representar interesses colectivos.

O lúcido e habitual Vergès tem, em várias ocasiões e ainda recentemente, posto o problema em termos provocadores.

Homem da Resistência, comunista, defensor de patriotas argelinos, assumiu, no meio do clamor geral, a defesa de Klaus Barbie, um chefe da Gestapo, declarado culpado de crimes que lhe valeram mesmo o título de «carniceiro de Lyon».

Não só; declarou-se disponível para defender também Milosevic e Saddam, dando esta justificação:

> O papel do advogado é defender, não o seu sósia, mas quem é perseguido. Numa democracia não há causas indefensáveis. É necessário procurar compreender a pessoa e os actos que cometeu. Actividade semelhante ao romancista, o advogado é como um artista que desempenha um papel criativo: o crime é apenas o material, o mármore. Dostoievski interessa-se por pessoas que detesta. Mas procura compreendê-las, condena os niilistas, mas é obcecado pelo príncipe Stavroguine, por Dmitri Karamazov («Io difensore di Saddam porterò Rumsfield alla sbarra», entrevista in *la Repubblica* de 31 de Março 2004).

À pergunta se custa muito cara a sua assistência, ele, porém, responde: «a um jardineiro marroquino, não; a um grande empresário, sim».

Mas quais são as razões do reivindicado neutralismo para com o cliente? Porque não é preferível o constante co-envolvimento emotivo?

Um primeiro motivo consiste em não ser dominado por um preconceito moral que se pode resumir assim: quem interpreta as razões do arguido, isto é, quem defende, é contaminado, é de certo modo ele próprio tocado por aquele facto.

Tal aproximação, fácil e generalizada, prescinde totalmente da investigação das responsabilidades ou até só do desenvolvimento processual. É um sintoma que se manifesta desde o momento em que se sabe ou se vem a ter conhecimento de que um tal advogado defende um tal arguido.

Portanto, nada impede que nasçam aqueles «sobressaltos emotivos» de que falava Bevere, mas é necessário reagir às desconfianças, às suspeitas, às alusões, às balbuciações que arriscam inquinar a decisão final e comprometer as expectativas do arguido quanto a um juízo sereno.

Por outras palavras, esvoaça à volta do fenómeno do processo, assim como obstinadamente noutro lugar, o fantasma do «preconceito» emotivo e irracional, talvez compreensível mas nocivo para quem está inserido na engrenagem processual. Como se uma acusação inicial significasse responsabilidade, e qualquer defesa cumplicidade. A multidão é impaciente.

Mas há um princípio ulterior a tutelar, o de respeitar cada defesa do indivíduo como defesa da comunidade. É uma passagem mais árdua, mas inevitável.

A AUTONOMIA DO CLIENTE

Quem trabalha na jurisdição não trabalha egoisticamente para si mesmo ou para o seu patrocinado, mas promove os direitos de todos. Encontra-se na posição de reivindicar a tutela dos direitos «gerais», os de qualquer cidadão que poderia no futuro e contra a sua vontade, e talvez também injustamente, encontrar-se em posição semelhante à de um qualquer arguido.

Além disso, o neutralismo ou a autonomia, como se queira dizer, conta com uma outra forte razão, que corrobora a laicidade da actividade defensiva.

Isso permite ao advogado não evitar «defesas incómodas», mas, até, poder a elas aderir sem repercussões sobre a sua pessoa ou actividade.

E as defesas «incómodas» podem ser de qualquer tipo: desde as defesas sobre atentados à segurança nacional, às de crimes que infringem valores constitucionais, desde as exercitadas por crimes odiosos como o estupro, às que se misturam com delitos bárbaros como a exploração de crianças.

E aquilo que mais conta é que a autonomia permite a cada cidadão valer-se de um técnico que vigie o funcionamento do processo, garantindo quer o respeito das normas, quer a correcta determinação da sanção final, evitando os excessos que por vezes as decisões exemplares comportam.

A defesa é predisposta à tutela dos consócios, e dela beneficiam aqueles que estão ou temem vir a estar envolvidos num processo. Se este se inicia e depois é promovida a acusação, isto significa que está em causa a violação da lei penal, concebida e estruturada para reprimir comportamentos que suscitam mais reprovação que aprovação junto dos consócios estranhos ao «desvio social».

E então a identificação do advogado com o cliente, suposta ou mesmo só sussurrada pela opinião pública, levaria o acusado a não encontrar defensores, se os advogados estivessem antes de tudo empenhados em evitar ser confundidos, pelo juízo popular, com os delitos mais atrozes e reprováveis.

Por outras palavras, também os delitos horrorosos devem encontrar defesa, e o neutralismo é um meio para atingir e garantir este resultado.

O advogado, portanto, tem o dever de defender, mas o direito de não ser confundido com o réu e sobretudo com o crime, e em geral com as iniciativas processuais que empreende.

Defender um estuprador não significa sustentar as razões do estupro; assistir um bancarroteiro, avalizar a cupidez; tutelar um construtor civil sem escrúpulos, comprazer-se com a degradação do território.

O catálogo poderia continuar com uma enumeração minuciosa mas improdutiva, porquanto não altera os termos do problema.

Como observou Sciascia em *Porte aperte* [*Portas abertas*]: qualquer que seja a opinião que o advogado nutra sobre o arguido que aceitou defender, o seu dever é precisamente o de o defender com todos os meios que a lei lhe permite (Adelphi, Milano, 1987, p. 38).

A AUTONOMIA DO CLIENTE

Não obstante, por vezes reflorescem antigos preconceitos: como pode aquele advogado, considerado pessoa de bem, defender estupradores, homicidas, sequestradores, inquinadores, traficantes da morte, dilapidadores de patrimónios? A parte de lealdade reservada ao rito processual é esquecida, e resta a desconfiança quanto à lealdade para com o arguido.

O advogado não pode subtrair-se a ser criticado pela escolha feita, nem às observações sobre a sua coerência a respeito da proclamada visão do mundo ou ao seu passado. Ou então à manifestada simpatia excessiva pelos clientes, ou ao interesse psicológico de conquistar a confiança do cliente, uma espécie de ligação híbrida que leva a uma relação de recíproca e paralela prevalência – submissão entre um e outro.

Nem se pode excluir que a crítica seja motivada pela excessiva proximidade a uma clientela poderosa, em condições de influir sobre a sua independência.

A divulgação de tais censuras, por causa de escolhas impróprias ou afastadas dos desejos colectivos, leva inexoravelmente à queda da imagem.

> Temos um novo advogado, o Dr. Bucéfalo. O seu aspecto recorda pouco a época em que foi cavalo de batalha de Alexandre da Macedónia.
>
> Franz Kafka, *O Novo Advogado*

6. Mais parcialidade, menos prestígio

Foi dito que a escolha de reservar ao advogado um papel não é só útil ao assistido, mas salutar para todos. No entanto, tal vocação de parcialidade custa preços altos, se bem que previsíveis.

A ferida mais dolorosa é no prestígio, prejudicado pelo modesto índice de aprovação de que goza a advocacia, antes de tudo por causa da disponibilidade para defender quem quer que seja, até os indivíduos mais torpes e mesmo até as teses mais improváveis.

Sintomática é a mensagem Gallup de Dezembro de 2003, segundo a qual só 16% da população confiam nos advogados, embora sendo constrangidos a dar-lhes a sua confiança como ao médico. O comentário de Scott Turow, in *Harvard, Facoltà di legge* [título original: *One L*], é pérfido:

> Nas sondagens Gallup a profissão de advogado aproximou-se do zero absoluto, representada pelos avaliadores na venda de automóveis usados.

Não vale menos a confissão de um protagonista de *The Chamber* [*A Camâra de Gás*] do outro expoente de ponta dos advogados-escritores americanos, John Grisham:

> Sou advogado, e os advogados defendem aqueles que molestam crianças, os assassinos, os estupradores, os terroristas. Não gozamos de grande popularidade.

Evidentemente, não é esta a única razão da crise de imagem do advogado, embora seja relevante o contributo que fornece.

No passado, a profissão de advogado gozava de respeito colectivo, e os ensejos públicos que se ofereciam, mesmo as de altíssimo nível, punham-se em estreita relação com a respeitabilidade adquirida no tempo.

Hoje, porém, são movidos sérios ataques à sua imagem, procedentes de múltiplos factores, como a crescente força e exigência da clientela [*committenza*] (tema ao qual valerá a pena voltar), a responsabilidade pela excessiva duração dos processos, o montante das despesas, os escassos e insatisfatórios resultados, a delicada e muitas vezes surda relação com os magistrados, o impressionante incremento numérico dos inscritos nas Ordens.

A estes factores juntam-se o desgaste da identidade tradicional, assediada por uma sociedade em perene transformação, na qual o requisito da velocidade está dominando as dinâmicas sociais e interpessoais. E isto teve repercussões sobre a profissão do advogado, como sobre outras, impondo ritmos e confrontos insistentes com o presente. A categoria profissional ressentiu-se das mudanças culturais do contexto social, às quais não soube adequar-se, e suportou os novos pedidos de serviço apresentados por uma colectividade insistente com mal dissimulado fastio.

A modalidade de gestão dos contenciosos e dos processos não leva em conta as exigências pragmáticas das partes e parece insensível aos pedidos de eficiência que a sociedade pede aos serviços jurídicos.

A complexidade crescente do corpo normativo, que não consegue fornecer um quadro razoável de referência às sempre mais articuladas necessidades manifestadas pela vida económica e social, complica ulteriormente o problema.

No passado, a lei qualificava-se como corpo unitário, granítico, construído com regras limitadas e rígidas. Ela tratava facilmente os «desvios» locais, os autores dos crimes manifestavam uma tipologia recorrente, os defensores pertenciam a uma categoria restrita de notáveis forenses, autorizada, requintada a gerir, de modo artesanal, conhecimentos na maioria dos casos limitados à mera ciência jurídica, a opinião pública não estava ainda em condições de se exprimir em termos influentes e de ser mobilizada por centros militantes de informação.

Hoje, o quadro mudou e a advocacia também.

Ao direito foi atribuído um papel de regulação dos conflitos e de gestão das contingências que lhe aumentaram fortemente o raio de acção (o chamado «pampenalismo»), constrangendo-o, entre outras coisas, a confrontar-se com uma prática interdisciplinar que deve saber atingir a competência de diversas ciências.

O novo cenário levou a uma explosão de demanda de justiça que se traduziu em novos procedimentos, concebidos para responder de modo adequado às exigências numericamente crescentes.

Paralelamente assistiu-se ao esforço de juntar a tal processo um equipamento de garantias adequadas, que levou a substituir «o processo» por uma gama de «processos». Estes distinguem-se pelo diverso grau e peso das garantias que os regulam, e portanto pelas possibilidades concretas e materiais de preparação da defesa conforme o potencial económico da clientela.

O advogado vê esvair-se o carisma decorrente da posição social e tem de confrontar-se com uma nova profissionalidade. Ela impõe especializações, modalidades organizativas de trabalho, disponibilidade para um empenho mais forte do que era no passado. E além disso exige pronta adaptabilidade não só às mutáveis linhas de política judicial aprendidas na ocasião, mas também à dimensão, agora transnacional, da *deviance*.

A evolução comportou a progressiva fragmentação da figura do advogado com o aparecimento de múltiplas novas identidades, condicionadas por vários factores como as exigências insistentes da clientela, a imperiosa necessidade de competências que ultrapassam o tecnicismo tradicional, a capacidade de confronto com o cenário mediático que segue o evento judicial.

A tal mutação, unida à explosão numérica da classe, junta-se a crise inevitável do modelo corporativo, a descolagem do adesivo deontológico, o enfraquecimento dos vínculos associativos.

MAIS PARCIALIDADE, MENOS PRESTÍGIO

Em definitivo, apresenta-se uma nova realidade: o declínio do poder de uma profissão liberal, com vantagem da qualidade do serviço prestado a favor da clientela.

Se, porém, hoje o termómetro da popularidade do advogado está em baixa, não se pode, contudo, dizer que a sua figura, na tradição popular, literária ou cinematográfica, tenha porventura suscitado entusiasmos destruidores.

Mudam os argumentos e as críticas, mas o sarcasmo que rodeia a advocacia parece eterno.

Pululam escritos irónicos e contundentes, como recorda Rodotà a propósito do volume de um Brallier significativamente intitulado *Lawyers and Other Reptiles* [*Advogados e Outros Répteis*].

O imortal Shakespeare no *Henrique VI* não se coíbe de fazer exclamar «Deus nos salve dos advogados», e põe como condutor de uma revolta popular Dick o carniceiro, ao grito de «Matem todos os advogados!». O visionário Swift das *Viagens de Gulliver* não hesita em criticar os advogados que

> em diferentes ocasiões tinham debatido pró e contra a mesma coisa e citado precedentes para provar opiniões contrárias.

O severo Jean Giraudoux, em *La guerre de Troie n'aura pas lieu*, esboça a figura de Busiris, jurisconsulto e reitor, que defende com total indiferença teses opostas conforme quem pede a sua opinião, seja Heitor pela paz ou Demokos pela guerra.

Nem pode faltar o cáustico Woody Allen, que anota:

Amanhã às 6 serei executado por um crime que não cometi. Devia ser executado às 5, mas tenho um excelente advogado.

Saindo deste quadro que até poderia fornecer saborosos exemplos, vários estudiosos, italianos e estrangeiros, insistiram no estereótipo negativo, ilustrando-o e fundamentando-o.
Enquanto Wright Mills fala dos advogados como profissionais «mais astuciosos do que respeitáveis», Thorstein Veblen [economista americano, 1857-1929] faz-se áspero porta-voz de uma opinião generalizada:

O advogado ocupa-se exclusivamente em participar na fraude predatória, quer em fazer quer em destruir cavilações, e o sucesso na profissão é por isso aceite como o sinal de um rico dote daquela astúcia bárbara que sempre proporcionou aos homens respeito e temor (*La teoria della classe gaiata* [*The Theory of the Leisure Class*], Einaudi, Torino, 1949, p. 181).

Evidentemente, a prática da facciosidade, a reivindicação do desinteresse pela verdade, a desafeição pelo cliente suscitam poucos entusiasmos, a despeito das vantagens pelo interesse de todos que tal modo de entender o advogado comporta.
Não só: estas características pagam um pesado imposto sobre a vertente da credibilidade. A racionalidade instrumental e estratégica das condutas e a espasmódica

busca do resultado favorável minam a autoridade dos temas.

A afirmação poderá parecer excessiva, até mesmo irreverente, mas é um juízo que circula debaixo da pele, quase sempre não dito, algumas vezes revelado com sussurros.

De resto, é difícil contrariar uma percepção generalizada: se o advogado actua pelo cliente, no seu interesse, se é o seu partidário porta-bandeira, se escolhe apenas o direito que lhe é favorável, como pode esperar que acreditem nele?

A isto acresce a fraca reputação como estudioso jurídico, possivelmente genial em apresentar vias audaciosas mas sempre «meio jurídicas», segundo uma incisiva expressão difundida entre os cientistas do direito.

Reprova-se ao advogado a sua disponibilidade para se cindir entre advogado e estudioso, ductilmente pronto a sustentar opiniões diferentes, segundo as exigências dos casos enfrentados.

Significativo é o episódio respeitante a um célebre docente do passado, Francesco Carrara, em veste de advogado. Ao magistrado que objectava «Mas no seu tratado sustenta uma tese oposta», respondia «Esse é o professor Carrara, aqui é o advogado Carrara que fala» (in E. Corradi, *L'Avvocato*, Vallaecchi, Firenze, 1966, p. 259).

Ao defensor são, de facto, só concedidos os caminhos mais favoráveis, e não os cientificamente mais acreditados.

A sua pesquisa, recognitiva sobre factos, ou interpretativa sobre normas a aplicar, é consagrada ao direito «possível» e aos «projectos de decisão» na óptica mais favorável ao assistido, e a mais nada.

Por consequência, a opinião pública interioriza um juízo negativo global da profissão, com excepção de o mudar instrumentalmente, quando [o assistido] se individualiza ou incorre no papel de utente individual da *empresa-justiça*.

A partida, porém, não está perdida, enquanto dão ajuda outros componentes na acção concreta do advogado.

Se a credibilidade de per si pode ser prejudicada, não o pode ser a respeitabilidade.

Seja a título individual ou de categoria, entre documentos, códigos e clientes não deve diminuir o modo digno de ser e de agir, o que significa também conservar as costas direitas diante de quem quer que seja, interlocutores necessários ou eventuais, sem indulgência para com as reverências, intrigas ou complacências.

Parafraseando uma feliz expressão de Ernesto Rossi, a respeitabilidade é como a cura termal: os efeitos não se vêem logo, mas pouco a pouco, com o tempo.

E na actuação concreta se deverá então fazer o confronto com a «verosimilhança» das teses propostas e com a «persuasão», categoria retórica primária no confronto com o juiz que deverá sopesar cada argumento, adoptando o mais convincente.

A prática do antagonismo, embora leal, degrada o consenso, mas é contudo um preço a pagar, com conhecimento de causa. Em favor da dignidade do papel desempenhado.

Não se pode de facto renunciar a um valor que é irrenunciável e precioso para o interesse geral ao desenvolvimento regular e legítimo, e portanto dialéctico, do processo, no qual a posição do cidadão esteja garantida como valor autónomo e não como concessão obrigatória e formal.

Além disso, como já se disse, esta prática antagonista contribui para tornar fiável o papel da jurisdição, ao propor reconstituições do facto *sub judice*, em alternativa à que é apresentada pelos outros actores do processo.

Quanto mais amplas são as possibilidades oferecidas ao crivo crítico do juiz pelo confronto das partes, maiores serão as probabilidades de que o processo se conclua com uma sentença correcta. Em tais casos, a função [do contraditório] adquire particular dimensão pela razão de que, como já foi sublinhado, o exercício da defesa ocorre institucionalmente «no» processo, dentro da sua moldura ritual.

Os riscos de uma desvantajosa imagem podem ser suportados, desde que a luta seja correcta e leal.

Com humildade, sem fugas para a frente, atentos ao modo como se actua, aos princípios da deontologia, à profissionalidade.

O advogado, como figura unitária, já não existe. No seu lugar encontramos figuras diversas, cada uma portadora de uma lógica própria, cada uma ligada a interesses específicos, cada uma organizada em formas que se vão diferenciando cada vez mais... E os advogados não se diferenciam tanto pela sua especialização, quanto pela diferente qualidade dos serviços prestados.

STEFANO RODOTÀ, «Sono finiti i tempi dei 'principi del foro'», in *la Repubblica*, 29 Julho 1978.

Uma doença misteriosa destruiu a pequena genialidade dos inícios, mas tudo brilha de novidade e, por fim, já não se sabe se o mundo realmente piorou ou se nós apenas estamos envelhecidos.

ROBERT MUSIL, *Um Homem Sem Qualidades*.

7. A sensação de que o mito esteja a desaparecer

Nas páginas que precedem, tentámos esboçar o quadro das regras que devem orientar a conduta dos advogados no nosso mundo de hoje.

Assinalámos a necessidade e o valor de uma «lealdade dividida» que, para ser relevante, deve fazer conviver o respeito das leis e a função partidária.

Mas esta última escolha do campo a favor do cliente deve realizar-se, por um lado, sem titubear, e, por outro, sem incidir sobre a autonomia da relação com a clientela, que é um valor irrenunciável se se quer salvaguardar a dignidade e a força da profissão.

É um caminho árduo que serpenteia sobre um fino cume estreito, de duas vertentes: a que recomenda a contiguidade com o assistido e a que protege a solitária identidade de quem não pode e não deve alugar a própria consciência.

Também se sublinhou que o natural exercício da facciosidade tem, para o advogado, um alto custo que se traduz no risco de ver degradada a imagem de autoridade e de credibilidade. Ao mesmo tempo, porém, é óbvio que não se pode empenhar na tutela de um interesse particular, pretendendo manter o reconhecimento que normalmente acompanha as funções independentes.

Para compensar esta renúncia, resta um espaço de liberdade de grande significado: o de poder escolher aceitar ou não o mandato.

Aquela toga preta que simbolicamente protege quem a usa das agressões de qualquer cor, sabe que poderá confundir-se com as vestes do cidadão ou da instituição que a ela recorre; mas este risco é evitável com a opção da renúncia.

Opção sempre respeitável quando não é animada pelo medo às maiorias de qualquer cor ou pelo conformismo às opiniões correntes.

Mas, em concreto, o que é que está a acontecer na profissão hoje? Da rápida mudança do contexto em que opera, pode-se intuir como mudará?

Antes de tudo, dois pontos fixos: a colectividade e os clientes.

Agora que os tradicionais princípios inspiradores da profissão parecem esbater-se por causa do impressionante incremento quantitativo dos profissionais, e que a bagagem ética do advogado individual sofre ameaças das prosaicas exigências do mercado, surgem alguns pontos de observação úteis para ler o mester em evolução: o da indiferenciada colectividade e o do utente.

Parecerão duas entidades que se distinguem só quantitativamente, enquanto a primeira poderia ser considerada apenas como a soma de muitos indivíduos. Mas não é assim.

Quando o indivíduo não está interessado, mais ou menos directamente, na administração da justiça, raciocina como observador destacado e externo. Quando, pelo contrário, está envolvido, defende valores e manifesta necessidades de todo diferentes. Analisando as não coincidentes questões que a colectividade, por um lado, e os indivíduos, por outro, formulam ao serviço da advocacia, desenham-se duas diferentes silhuetas da profissão. Ambas lícitas, ambas nobres, mas dificilmente conciliáveis. O exercício conduz a resultados surpreendentes conforme, como foi dito, se utilizam os olhos severos da comunidade, ou os olhos interessados do cliente.

A voz da massa pede segurança. Enquanto que a do indivíduo invoca liberdade: quando se privilegia esta última, exalta-se a função privada e preferida do defensor, quando se presta atenção à primeira é-se levado a reclamar a toga para um mandato sensível às exigências da maioria.

Tentemos mais uma vez evidenciar as diferenças entre estes vocábulos.

Antes de tudo, o cliente que concede a sua confiança a um advogado não está muito interessado nas regras de comportamento que disciplinam a profissão. O que espera é ser apoiado por um advogado faccioso que não tome distância em relação ao próprio assistido e às suas razões, e por isso não aceite os limites ao empenhamento impostos pelos códigos éticos provenientes da comunidade jurídica.

Se, por um lado, compreende e não pode rejeitar uma defesa dentro dos limites impostos pela lei, por outro, suporta de má vontade que outros laços lhe comprometam a eficácia. Por isto, preferiria um advogado amoral no sentido teorizado pelo chamado realismo jurídico, para o qual só contam as regras jurídicas que a habilidade sem preconceitos do advogado deve usar eficazmente para obter o resultado pretendido. Se, de facto, o mundo do direito representa o campo de batalha entre quem quer agitar a lei e quem tenta impedi-lo, será o privado a assumir o primeiro papel, e o seu advogado resultará irremediavelmente esmagado pelo sujeito que tutela.

Portanto, neste ponto de vista não sobra espaço para os deveres deontológicos diferentes dos que são impostos pela lei, porque a função não é inspirada pela moral nem pelos princípios, mas pelo único fim que conta: o resultado útil ao próprio assistido.

Se a uma parte são reconhecidos direitos, o advogado deverá, pois, utilizá-los, mas não para os desfrutar com o fim de atingir o objectivo requerido pelo comitente. E este último está muito mais interessado em ver satisfeitos os próprios direitos. E é então que se delineia o

A SENSAÇÃO DE QUE O MITO ESTEJA A DESAPARECER

patrono ideal como defensor de interesses, mais do que de direitos, como aquele que assegura um resultado útil, mais do que uma prestação excelente, como aquele que gasta as suas energias em todos os campos para tutelar o assistido, e não apenas como um técnico que actua assepticamente no contraditório judicial.

O cliente, além do empenhamento em sede judicial, requer ajuda para conter as ofensivas que visam destruir--lhe a imagem junto da opinião pública ou em círculos sociais ou familiares mais restritos. Pretende que o advogado o assista procurando neutralizar o estigma social que atinge os inquiridos, os presumidos responsáveis, os contrafactores. Além disso, espera que aquela toga preta consiga, além de representar os factos e argumentar as teses, entravar as pressões externas sobre o convencimento dos magistrados. E isso graças à autoridade, à inclinação ao diálogo e também à capacidade adquirida com o tempo.

A um serviço jurídico ao qual se reconhece a força do binómio saber-poder e, portanto, a preparação técnica como premissa para o confronto com os interlocutores, o cliente pede mais: apoio total, comportamento sem preconceitos, ausência de hesitações geradoras de distância do comitente, abandono das prudências que lhe condicionam a conduta pública, capacidade de confronto com os adversários. E, enfim, conforto e até amizade.

Mas nos momentos em que o cidadão singular não tem interesses próprios e não é senão um membro da colectividade, as suas opiniões e as suas instâncias mudam. E desenham-se assim os contornos que reorientam a profissão do advogado, reportando-a a um papel projectado inevitavelmente para o interesse público.

É óbvio que a comunidade aceita que uma pessoa seja assistida com capacidade e zelo, mas o fim principal parece ser diverso. O advogado é útil porque pode promover a conquista de decisões correctas, pode evitar que o indivíduo abandonado sofra danos, pode pretender que os princípios do processo justo sejam respeitados.

Precisamente por estes motivos, [a comunidade] prefere um advogado independente, distante dos fins e dos interesses pessoais da parte.

O interesse sentido como comum está no facto de as regras processuais serem observadas, e portanto que o advogado seja útil a perseguir este objectivo que é um valor em si, que diz respeito a todos, enquanto que o resultado final respeita apenas ao indivíduo.

Se a colectividade reconhece ao advogado esta função, que se torna de dimensão pública enquanto contribui para o funcionamento correcto da prática judiciária, não quererá somente que a mesma seja desempenhada com autonomia e profissionalidade. Pretenderá também um ulterior requisito: a integridade, quer dizer, o respeito dos valores éticos consolidados pela experiência da comunidade jurídica, que concorrem para realizar a autoridade e a independência do advogado em relação a todos, incluídos os clientes.

É óbvio que, se este reconhecimento da função encontra firmes raízes na visão liberal clássica do Estado embebida de moralidade laica, tenderá, todavia, a desaparecer em face das teorias juspositivistas do direito.

A SENSAÇÃO DE QUE O MITO ESTEJA A DESAPARECER

Se se afirma, de facto, que o direito é de todo independente da moral, as questões éticas são também elas excluídas do sistema jurídico. Se é lícito (juridicamente) fazer tudo aquilo que não é vedado e sancionado, então o advogado não deverá mais algum respeito aos princípios éticos, mas apenas enfrentar questões jurídicas procurando resolvê-las a favor do cliente.

Com um limite: a colectividade não aceita a sabotagem da máquina judicial, não suporta que o fim defensivo justifique qualquer expediente, e pretende que o exercício da profissão tenha em conta o bem comum, identificado com o correcto e expedito funcionamento da actividade judicial.

Perante os dois diferentes cenários que se apresentam à medida que se realizam as expectativas da clientela, mais do que a da comunidade, a realidade arrisca-se a dar vida a uma profissão ambígua, destinada a iludir ambas as pretensões.

Porém, se até ontem muito se reflectiu sobre um modelo de profissão tradicionalmente orientado a proclamar-se independente, mas de facto muitas vezes mais amigo do tribunal que dos assistidos, hoje devemos talvez constatar que o ponto de vista andou a mudar.

A advocacia parece sempre mais orientada para se adequar às exigências da clientela.

De per si, não é nem um bem nem um mal, porque é compreensível que cada um dos dois modelos teóricos de que se falou, condenados a conviver se bem que pouco conciliáveis, tome sucessiva vantagem sobre o outro. Relevante é reflectir sobre os riscos degenerativos de uma profissão que se humilha sem hesitação quanto a um, mais do que quanto a outro.

Se com razão nos queixávamos do advogado atemorizado pelas muitas faces do poder, é igualmente oportuno intuir os riscos de um serviço que parece sempre mais disponível a adequar-se às exigências da clientela.

Procuremos catalogar estes perigos sem pretensão de sermos exaustivos, na tentativa de delinear os contornos daquilo que poderia ser o advogado de amanhã.

Disse-se que a disponibilidade para sustentar sem hesitações a consciência egocêntrica do cliente, assistindo-o nos vários campos em que joga a sorte processual (salas de tribunal, *media*, processos normativos, etc.), comporta o inevitável abandono de alguns princípios deontológicos a favor daqueles que tutelam, antes de mais, a relação com o assistido.

O custo desta exasperação partidária do serviço jurídico comporta, como já se disse, uma inevitável perda de independência que faz evaporar o papel carismático que desde sempre caracterizou a profissão liberal. Daqui uma inevitável perda de poder que acompanha a perda de autoridade: demasiado afastamento para ser credível.

Uma segunda recaída surge, inevitável.

Os caracteres tradicionais da profissão liberal tinham confiado ao advogado um papel de mediador necessário de numerosos processos sociais.

Que se tratasse de intervir para diminuir conflitos privados, ou que fosse chamado para fazer dialogar as exigências do cidadão com as pretensões estatais, é fora de dúvida que a um notável de outrora era reconhecida uma influência que decorria por natureza do seu papel excelente.

Dado que o prestígio social do advogado não era necessariamente favorecido pela importância da clientela, mas antes pelo seu forte radicamento na comunidade e pela reconhecida competência técnica, é evidente que ele podia exprimir-se livremente e conforme às próprias orientações, sem se preocupar de dever prestar contas de alguma coisa à própria clientela, presente e futura.

Hoje já não é assim. Antes de mais, à unitária figura elitista e burguesa do advogado foram-se substituindo tantas diversas formas de profissões, cada uma ligada a um modo diferente de actuar, cada uma ligada a específicos interesses.

Por um lado, a progressiva dilatação do número de advogados provocou uma espécie de proletarização da classe profissional, que atenuou a força das suas intervenções públicas.

Por outro, à medida que a complexidade do mundo socioeconómico se ramificou em sectores que requerem especializações sempre mais aperfeiçoadas, os advogados tornaram-se peritos inclinados a tutelar interesses seccionados, mais do que exaltar a própria independência ao serviço de uma lei útil a todos.

É evidente que neste novo cenário o advogado não poderá mais permitir-se dar voz às próprias convicções, senão nos casos em que estas coincidem com os interesses particulares representados.

Por consequência, o advogado que faz do zelo pelos fins do assistido o motor da sua actividade deverá renunciar a propor-se como sujeito político autónomo, e portanto como interlocutor tecnicamente informado da opinião pública e do legislador?

Que confiança se lhe poderá reconhecer quando se sabe que a sua competência está comprometida inteiramente por uma clientela que pretende vê-lo actuar em seu benefício, no tribunal, nas entrevistas e na actividade do escritório?

É aceitável que utilize os próprios cargos públicos, por exemplo o de parlamentar, para influir em medidas legislativas de modo a favorecer a própria clientela?

Quem recorda o filme *Nashville* de Robert Altman terá presente que o candidato à presidência prometia «correremos com os advogados de Washington», denunciando com isso a desconfiança de uma delegação oferecida a quem obedece a interesses particulares, mais do que à colectividade.

A conclusão é amarga, porque arrisca tolher a voz ao cidadão advogado. Ao mesmo tempo, porém, quando se ouvem os advogados que tomam posição sobre princípios gerais ou reformas singulares, não podemos deixar de nos interrogar sobre o tipo de mandatos defensivos de que são portadores, de que interesses ocultos poderiam estar animados. Sem hipocrisias.

O mito da profissão liberal desaparece. Como em muitas outras actividades que vivem na concorrência, é preciso reconhecer que as obrigações para com a clientela conduzem à asfixia, se não dos valores éticos, das íntimas convicções. E no campo do trabalho quotidiano permanece um «cidadão reduzido a metade» que, quando se apresenta como especialista, deve declarar em nome de quem fala.

Ganha-se a clareza, mas ao mesmo tempo dissolve-se a autoridade de outrora. Observando os profissionais da América dos distantes anos 50, Wright Mills observa:

> O advogado era um guia da opinião pública, um homem cujas recomendações à comunidade tinham o seu peso... Considerado o homem mais apropriado para os altos cuidados do Estado, era o campeão do serviço da coisa pública... Hoje resta o escritório jurídico dimensionado para as exigências do mercado (*Colletti bianchi* [*White Collar: The American Middle Classes*], Einaudi, Torino 1966, pp. 167ss.).

E a nova realidade do serviço jurídico aparece nítida: a defesa técnica apresenta-se cada vez mais como mercadoria, variável pela qualidade e preço. O produto prometido tenderá a ser o resultado, mais que a prestação, e, portanto, também a remuneração virá calculada tendo em conta o resultado.

Para estes fins a máquina de produção do serviço não se identificará mais com o saber consolidado pela experiência do advogado artesão, mas será o fruto de uma organização complexa de conhecimentos especializados e diversos e de uma integração de saberes complementares. Tudo isso com o fim de fornecer rapidamente um produto de qualidade útil para suplantar o da parte contrária.

É evidente que esta adesão aos cânones do mercado não será indolor: só quem souber adequar-se terá condições para crescer.

Ultrapassados os tradicionais caminhos de formação da clientela, que se transmitia pela fidelidade das tradições familiares, o que passará a contar é o jogo brutal da competição que irrompe sobre uma plateia crescente de utentes aos quais será ilustrada a conveniência do serviço.

A consequência será, ou seria, inevitável: a trituração da identidade de uma profissão que se remodelará sobre a miríade de exigências de uma clientela portadora de perguntas e de necessidades diversíssimas.

O desvanecimento da identidade de uma profissão não pode ser considerado de per si nocivo; depende do parâmetro de avaliação que se quer utilizar.

Omitindo o interesse dos profissionais existentes, suspeito de corporativismo e, em todo o caso, variável segundo o *status* e a idade de cada um, parece mais oportuno reflectir imaginando os riscos e as vantagens que poderiam derivar para o uso e para o sistema.

As vantagens são aquelas por tradição atribuídas às leis do mercado e da concorrência. E então vantagens para quem? É imaginável que o produto profissional tenderá a distinguir-se entre prestações que irão do bom mas caro, ao medíocre a baixo custo.

No processo de fragmentação dos centros de serviço jurídico, tomará forma uma pirâmide em cujo vértice estarão os grandes escritórios e na base uma miríade de pequenos escritórios muitas vezes desqualificados.

A SENSAÇÃO DE QUE O MITO ESTEJA A DESAPARECER

A inevitável renúncia ao colante ético que unia a pequena corporação comportará algumas consequências. Entre estas, antes de mais, a compromissividade e o dano pelo [abandono do] processo, se é verdade que a prevalência dos interesses sobre os princípios leva a alterar (desmoralizar) os diferendos judiciários, sujeitando-os à influência das relações de força entre as partes e negando aos julgadores a colaboração que sempre esteve presente nos seus deveres.

Poderia ainda prosseguir-se imaginando as repercussões distorcidas de um mercado de serviços cada vez mais desregulado, mas em todo o caso não é temerário aventurar que o dano final pesaria de modo excessivo sobre os mais fracos utilizadores.

Dito isto, seria inútil propor regressos consoladores à mitologia da advocacia como «baluarte de liberdade e de progresso, dedicado à tutela dos fracos e dos oprimidos», ou mimar uma corporação que relegou os profissionais italianos para um papel periférico, permitindo a proliferação de um exército de cento e setenta mil recrutas nem sempre qualificados, e fornecedores de um serviço por vezes de má qualidade e muitas vezes voraz.

Seria contraditório denunciar a predilecção da classe pelas garantias unicamente formais, pela lentidão do procedimento, numa palavra, pela ineficiência da actividade judicial que é talvez desejada como garantia para a sobrevivência das atribuições, quando aos advogados apenas se pede que assistam o cliente como acharem melhor. Será só o legislador a dever ocupar-se de modernizar a máquina judiciária.

Pode parecer mortificante em relação ao *status* do passado, mas não se pode pedir a uma profissão aquilo que ela já não está à medida de fornecer. A si própria e à sociedade.

Não resta senão imaginar uma nova figura de técnico, útil aos cidadãos e não nocivo ao sistema em que opera.

Se o ponto de observação a privilegiar continua a dever ser o dos utentes, a escala das prioridades a satisfazer poderia ser reconstruída com pragmatismo e simplicidade, mas sem indulgência.

Antes de mais, impõe-se uma formação de base excelente e uma rígida selecção para o acesso, à qual deverá seguir-se uma fase de estágio efectiva e remunerada.

Se a actualização profissional deverá ser constante e controlada, livre e sem vínculos deverá ser a organização da actividade de escritório e plena a possibilidade de fornecer ao público uma adequada informação acerca das especializações e competências de cada escritório jurídico.

Para tutela de quem recorre ao serviço jurídico, os órgãos de autogoverno deverão dedicar primordial atenção à correcta conduta dos associados nas relações com o cliente. Para tutela de um disciplinado exercício da concorrência, deverá ser exigido o respeito dos deveres tributários de cada profissional e a correcta relação com os jovens praticantes.

Neste cenário assistir-se-á ao jogo de uma figura que se revela, ano após ano, quantitativamente crescente: a figura feminina.

Os palácios de justiça são tradicionalmente prerrogativa dos homens, no sentido de que as hierarquias que os governam, a cultura que os anima, os valores de que são guardiões e os ritos e os tempos que regulam a sua vida interior são historicamente fruto do comando masculino.

Surge agora a curiosidade de descobrir se a via feminina será banalmente a da homologação ao modelo preexistente graças a uma reconhecida e por vezes invejada capacidade de trabalhar muito, ou se o específico «mulher» saberá viajar para modos e estilos diferentes, se não antagónicos, relativamente aos consolidados e poeirentos.

Para concluir esta sumária enumeração, não pode deixar de se recordar o dever de predispor, por obra dos advogados associados, adequadas estruturas de serviço social que assegurem um efectivo patrocínio a quem não quiser ou não puder recorrer ao mercado da profissão liberal e a quem se encontre em forte disparidade face ao adversário.

A disponibilidade para pôr as próprias competências à disposição dos utentes mais débeis (que hoje acontece por espontânea iniciativa de muitos advogados) é o serviço que os profissionais liberais devem prestar para permitir que o direito de defesa para todos não se mantenha um fetiche desprovido de significados concretos.

Da vontade e da capacidade de dar substância reformadora a estas como a outras propostas, dependerá a sobrevivência de uma qualquer credibilidade para uma categoria profissional. Poderá assim contradizer-se Tocqueville:

Não afirmo que todos os representantes da profissão jurídica sejam sempre fanáticos da ordem e inimigos da inovação. Mas simplesmente que a maior parte deles o são (in R. Danovi, *L'immagine dell'avvocato e il suo riflesso*, Giuffrè, Milano, 1995, p. 84).

Dito isto, não queremos e não podemos concluir este nosso breve trabalho, de resultados certamente discutíveis, reflectindo melancolicamente sobre o crepúsculo da profissão liberal e sobre as dificuldades de uma advocacia que não parece conseguir dotar-se de uma identidade nobre e forte.

Preferimos recordar um homem que representa um símbolo e que como tal deve permanecer.

Em 11 de Julho de 1979, o advogado Giorgio Ambrosoli era assassinado por um *killer* da máfia porque tinha escolhido cumprir o seu dever. Sabia que teria de pagar caro a própria honestidade, mas decidiu não ceder aos interesses criminosos.

Certamente seria mais confortável viver em lugares que não têm necessidade de heróis, mas o nosso país não é apenas rico em astúcias conhecidas, mas está também corroído por prepotências ocultas. Por isso, podem ser necessários os heróis, e deles temos necessidade, nós, advogados.

Georgio Ambrosoli, herói burguês, deve ser um exemplo para os colegas demasiado cansados de luta e para os jovens impacientes de a empreender sem sonhos.

NOTA BIBLIOGRÁFICA

Resolvemos omitir o tradicional percurso que prevê as notas de pé-de-página ou as chamadas finais em cada capítulo, para evitar sobrecargas e criticáveis esquecimentos.

Algumas leituras, entre as muitas além das já citadas, são particularmente significativas para os raciocínios seguidos no texto.

Sobre a profissão de advogado em geral

G. ALPA, *L'Avvocato. I nuovi volti della professione forense*, il Mulino, Bologna, 2005.

C. CAROSI, *L'avvocato*, Sonda Editore, Torino, 2000.

E. CORRADI, *L'avvocato*, Vallecchi, Firenze, 1996.

M. MALATESTA, *Professionisti e gentiluomini*, Einaudi, Torino, 2006.

M. SANTORO, «Le trasformazioni in campo giuridico. Avvocati, procuratori e notai dall'unità alla repubblica», in *Storia d'Italia*, vol. X, Einaudi, Torino, 1996

Sobre a profissionalidade e o seu papel

A.O. FREDA, «L'Azzeccagarbugli, un paradigma», in *Storia, politica e società*, n.º 12, 2005, pp. 155 e 55.

M. LA TORRE, *Il giudice, l'avvocato e il concetto di diritto*, Rubbettino, Soveria Mannelli, 2002.

A. MINC, *Au nom de la loi*, Gallimard, Paris, 1998.

P.G. MONATERI, «L'Europa cambia strada: la rilevanza pubblica dell'avvocatura», in *Biblioteca della libertà*, 2007, p. 115.

V. Olgiati, *Saggi sull'avvocatura*, Giuffrè, Milano, 1990.

—, «Il diritto di difesa come difesa del diritto», in *Diritto penale e processo*, 1995, pp. 747ss.

P.P. Portinari, «Tirannia dei Giudici o Anarchia degli Avvocati», in P. Costa e D. Zolo (org.), *Stato di diritto*, Feltrinelli, Milano, 2004.

Sobre a história remota da advocacia

G. Alessi, *Il processo penale. Il profilo storico*, Laterza, Bari, 2001.

G. Cosi, *La responsabilità del giurista*, Giappichelli, Torino, 1998.

A. Schiavone, *Ius. Invenzione del diritto in occidente*, Einaudi, Torino, 2005.

Sobre o processo de ruptura, sobre autodefesa e sobre a posição do advogado durante os regimes

F. Cordero, *Criminalia. La nascita dei sistemi penali*, Laterza, Bari, 1985.

A. Kriegel, *Les grands procès dans les systèmes communistes*, Gallimard, Paris, 1972.

E.R. Papa, *Il processo delle BR. BR e difese di ufficio*, Giappichelli, Torino, 1979.

J. Vergès, *Strategia del processo politico*, Einaudi, Torino, 1969.

—, *Le dictionnaire amoureux de la justice*, Plon, Paris, 2002.

D. Zolo, *La giutizia dei vincitori. Da Norimberga a Baghdad*, Laterza, Bari, 2006.

Sobre a relação do cinema com a literatura em geral e com o advogado em particular

Aa. Vv., *Justice à l'écran*, Corlet-Télérama, CinémAction, 2002.

M. Asimow e P. Bergmann, *Reel justice: the courtroom goes to the movies*, Andrews Mcmeel Publishing, 1996.

NOTA BIBLIOGRÁFICA

Ch. BIET e L. SCHIFANO (org.), *Représentations du procès, droit et literature, cinema*, Université de Paris 10, Nanterre, 2003.

T. HADDAD, «Silver Tongues on the Silver Screen: Legal Ethics in the Movies», in *Nova Law Review*, 2000, pp. 673ss.

A. SOMMA, «'When law goes pop'. La rappresentazione filmica del diritto», in *Politica del diritto*, 2003, pp. 447ss.

Sobre a relação da justiça com a literatura em geral e com o advogado em particular

R. DANOVI, *L'immagine dell'avvocato e il suo riflesso*, Giuffrè, Milano, 1995.

F. OST e L. VAN EYNDE (org.), *Lettres et lois. Le droit au miroir de la littérature*, Faculté Universitaire Saint Louis, Bruxelles, 2001.

Pòlemos, n.º I, 2007, com contributos de D. Carpi e C. Battisti.

R. POSNER, *Law and Literature: A misunderstood relation*, Harvard University Press, 1988.

M. SALAZAR, *L'avvocato di carta*, Giuffrè, Milano, 2005.

Sobre o influxo da modernidade na dimensão judiciária

M.R. FERRARESE, *Le istituzioni della globalizzazione*, il Mulino, Bologna, 2000.

—, *Diritto sconfinato. Inventiva giuridica e spazi nel mondo globale*, Laterza, Bari, 2006.

A. GARAPON, *Del giudicare. Saggio sul rituale giudiziario*, Cortina, Milano, 2007.

O. HOFFE, *Globalizzazione e diritto penale*, Edizioni di Comunità, Torino, 2001.

N. IRTI, *Norme e luoghi*, Laterza, Bari, 2001.

—, *Il salvagente della forma*, Laterza, Bari, 2007.

M. NOBILI, «Nuovi modelli e connessioni, processo. Teoria dello stato ed epistemologia», in *Indice Penale*, 1998, p. 27.

—, *Scenari e trasformazioni del processo penale*, Cedam, Padova, 1998.

D. Soulez-Larivière, *Il circo mediatico giudiziario*, Liberlibri, Macerata, 1994.

F. Stella, *Giustizia e modernità*, Giuffrè, Milano, 2001.

Sobre o problema das garantias

L. Ferrajoli, *Diritto e ragione. Teoria del garantismo giuridico*, Laterza, Bari, 2204.

Quali Garanzie, Dedalo Editore, Bari, 1976, com os contributos de C. Smuraglia, N. Diodà e D. Pulitanò.

F. Stella, *La giustizia e le ingiustizie*, il Mulino, Bologna, 2006.

Sobre a deontologia

G. Tarello, *Due interventi in tema di deontologia*, in *Materiali per una storia del pensiero giuridico*, il Mulino, Bologna, 1982.

G.D. Zanetti (org.) *Elementi di etica politica*, ed. in particolare i saggi dedicati ad «Avvocatura ed etica giuridica» curati da M. La Torre e L. Ferrajoli, Carocci, Bari, 2003.

Sobre a experiência anglo-americana

M. Damaska, *Il diritto delle prove alla deriva*, il Mulino, Bologna, 2003.

A. Dondi, *Avvocatura e giustizia negli Usa*, il Mulino, Bologna, 1993.

A. Dondi e T. Hazard, *Etiche delle professioni legali*, il Mulino, Bologna, 2005.

R. Gambini, *Il diritto di difesa e il difensore negli Usa*, Giappichelli, Torino, 1999.

Seja-nos consentido mencionar por fim alguns escritos nossos anteriores, que deste constituem uma introdução ideal.

Os ensaios: *Dalla parte dell'inquisito*, il Mulino, Bologna 1987; *Giudici e telecamere*, Einaudi, Torino, 1994.

Os artigos: «L'avvocato tra cittadino e stato: collocazione e funzione di un ruolo», in *Questione giustizia*, 1985, p. 34; o verbete

NOTA BIBLIOGRÁFICA

«Avvocatura» in *Grande dizionario enciclopedico Utet*, 1997; «Il difensore», in *Questione giustizia*, 2001, p. 1215; «Il diritto e la bottega», in *Micromega*, 2001, p. 243.

E ainda a comunicação «O advogado no cinema» apresentada em Bolonha no convénio *Cinema, Imagens e Justiça*, de Janeiro de 2006.

ÍNDICE

PREÂMBULO 5

1. O advogado é necessário? 13
2. E se o arguido quer acusar, em vez de se defender? 31
3. Mas a favor de quem opera o advogado? A quem é ele útil? 47
4. O dever de uma dupla lealdade: em relação ao cliente e à autoridade 61
5. A autonomia do cliente 73
6. Mais parcialidade, menos prestígio 99
7. A sensação de que o mito esteja a desaparecer 109

NOTA BIBLIOGRÁFICA 125